Süße Verstrickung

Buch 2
Karibische Abenteuerromantik

Anna Lowe

Übersetzung aus der englischsprachigen
Originalversion ins Deutsche durch
Franziska Humphrey

Umschlaggestaltung:
Fiona Jayde

Inhaltsverzeichnis

Der Schauplatz in Panama

Süße Verstrickung spielt im faszinierenden Panama mit seinen vielfältigen Kulturen, den abwechslungsreichen Landschaften und seiner umfangreichen Geschichte. Die meisten Menschen denken bei Panama an den Kanal, aber was ist mit einer abgelegenen Ecke des Landes, die als Darien Gap bekannt ist? Dort gibt es ein wildes Stück überwucherten Regenwald, das sich bis zur kolumbianischen Grenze erstreckt, und wohin sich nur wenige Menschen wagen. Sie können es nicht, denn es gibt keine Straßen, keine Infrastruktur – *nada!* Selbst der Pan-American-Highway endet am Rande dieses unberührten Landstrichs. Es ist der perfekte Ort, um zwei Seelenverwandte zueinander zu führen und ihnen eine zweite Chance zu geben, sich ganz neu kennenzulernen. Schließlich ist die Liebe ein Abenteuer...

Serendipity: das Eintreten eines Ereignisses durch glückliche Umstände.

Kapitel 1

Das konnte auf gar keinen Fall die richtige Brücke sein.

Tobin schaute erst nach links, dann nach rechts, aber er war allein. Er und sein Motorrad inmitten von tausenddreihundert Quadratkilometern Regenwald, und eine klapprige Hängebrücke über einer Schlucht. Eine dieser aus-Lianen-geknüpften, klammere-dich-fest-wenn-du-leben-willst Dschungelbrücken, wie man sie nur in Filmen oder Reisebroschüren sieht.

Oder aber natürlich in Panama.

Das Witzige daran war, dass er sich unter diesem Teil Mittelamerikas etwas ganz anderes vorgestellt hatte. Den Panamakanal. Wellen zum Surfen. Strandbars und Cocktails in Kokosnussschalen.

Aber Panama hatte auch eine ganz andere Seite – die verstrickte Dschungelseite, wo Jaguare umherstreiften, wo Stammesangehörige Gesichtsbemalung trugen und wo nur die Stärksten überlebten. Wo der Regen in Strömen fiel – so hatte man ihm gesagt. Zur Abwechslung hatte er es einmal geschafft, die Dinge richtig zu timen und war in der Trockenzeit gekommen. Das war eher Zufall, denn sein Timing, nun ja, es schien generell immer etwas danebenzuliegen.

Er stellte den Motor ab, schwang sich vom Motorrad und tastete sich auf die ersten Holzbretter vor, die die Rampe der Brücke bildeten. Sie schienen stabil genug zu sein, also packte er das Geländer auf beiden Seiten und machte einen weiteren Schritt. Wenigstens etwas: Die Brücke sah nur so aus, als wäre sie aus Stöcken und Lianen geschaffen. In Wirklichkeit war sie aus Stöcken und dickem Draht. Rostigem Draht, dem orangefarbenen Fleck auf seiner Handfläche nach zu urteilen.

Aber zur Hölle, das Leben war zum Leben da, auch wenn es bedeutete, von Zeit zu Zeit seinen Hals zu riskieren. Er machte noch ein paar Schritte, entfernte sich vom festen Boden unter ihm und wagte sich über die Schlucht hinaus. Die Brücke war kaum mehr als einen Meter breit, aber sie erstreckte sich ewig weit über die Schlucht. Ein schmaler Streifen in einem üppigen, grünen Dschungel, der keinen Anfang und kein Ende zu haben schien.

Je weiter er ging, desto lauter hörte er das Rauschen des Flusses und desto mehr wackelte und schwankte die Brücke. Die Trittbretter waren rutschig und fingen bereits an zu verrotten, so dass es nur allzu leicht war, sich vorzustellen, wie er mit einem Fuß abrutschen und in den reißenden Fluss stürzen würde.

Es war wahrscheinlich nicht der beste Ort, um innezuhalten und seine Kamera aus dem Rucksack zu ziehen, aber er konnte sich die Gelegenheit einfach nicht entgehen lassen. Er hielt sich mit einer Hand fest und drehte die Kamera für ein Selfie um.

Ein weiteres großartiges Foto für sein Album *Abenteuer in Mittelamerika*, falls er jemals dazu kommen sollte, eins zusammenzustellen. Eine weitere Aufnahme, die er seiner Mutter wahrscheinlich niemals zeigen würde. Und ein weiteres Bild von ihm an einem unglaublichen Ort, allein.

Er schoss noch ein paar Fotos und versuchte, das Motorrad im Hintergrund zu erwischen, denn er hatte es auf diesem Ding schließlich quer durch Mittelamerika geschafft. Zu schade, dass er seine Machete in der Satteltasche vergessen hatte, denn das wäre das ultimative Foto zum Posten gewesen. Er konnte sich schon vorstellen, was seine Freunde zu Hause sagen würden – die mit den Achtzig-Stunden-Arbeitswochen, den Hypotheken und den zwei-Komma-eins Kindern.

Tobin, Mann, genieße das Leben weiter.

Wir leben stellvertretend durch dich, Tobin.

Das ist, wie man leben sollte.

Natürlich gab es auch andere Meinungen. Diejenigen, die fragten, wann er endlich erwachsen werden würde. Sich niederlassen würde. Sich ernsthaft auf jemanden einlassen würde.

Was er vielleicht auch versucht hätte, wenn er nicht immer noch in eine Frau verliebt wäre, die er zuletzt vor sechs Jahren gesehen hatte. Hätte sie achtundvierzig Stunden vor dem geplanten Ja-Wort keinen Rückzieher gemacht, wer weiß? Vielleicht würde auch er dieses Vorstadtleben führen. Es sogar genießen. An jedem Morgen und jedem Abend die Liebe seines Lebens küssen.

Er starrte hinunter in die Schlucht. Das Wasser des Flusses plätscherte und teilte sich, so dass jeder Wassertropfen seinen eigenen verschlungenen Weg durch die Felsbrocken fand. Wenn der Durchschnittsmensch das Wasser im Hauptstrom wäre, das in der Mitte des Flusses hinunterschoss, dann wäre er der Tropfen, der dort hinten in der Ecke klebte, herumwirbelte, sich überschlug und richtig viel Spaß hatte. Ohne irgendwo anzukommen, sondern immer wieder da zu landen, wo er angefangen hatte – bereit für eine weitere wilde und nasse Fahrt.

Der gute alte Tobin, der das Leben genoss. Er seufzte.

Als er aufschaute, hatte er bereits zwei Drittel des Weges hinter sich gebracht. Nebelschleier hingen über der üppig grünen Landschaft. In der Ferne ergoss sich ein Wasserfall in drei riesigen Sturzbächen über eine Felswand, aber der Rest war wild, überwuchert und unendlich dicht.

Keine Spur von dem Dorf, das er finden musste. Keine Anzeichen einer Straße.

Er rieb mit einem Fuß über das rutschige Trittbrett und das verrottende Holz knarrte. Es war Zeit, umzukehren. Er hatte zwar einen Sinn für Abenteuer, aber keinen Todeswunsch. Und er hatte schon genug Zeit verschwendet. Irgendwo dort draußen gab es die richtige Brücke, die richtige Straße. Den Weg, der ihn zu dem Fräulein in Not führen würde, das er retten sollte.

Er ging zurück und fragte sich auf seinem Weg, was ihm mehr Angst machte: dass er ihre einzige Hoffnung war oder der Gedanke daran, sie wiederzusehen. Denn das fragliche Fräulein gehörte nicht zu den Frauen, die darauf warteten, gerettet zu werden, und schon gar nicht von ihm. Cara würde ihn wahrscheinlich eher mit einem rechten Haken als mit einem Kuss begrüßen.

Also ja, die Chancen für einen epischen Fehlschlag standen ungefähr neunundneunzig zu eins. Aber verdammt, er lebte schon sein ganzes Leben in dieser Ein-Prozent-Zone. Warum jetzt mit der Tradition brechen?

Und außerdem ging es hier um sie, nicht um ihn. Und definitiv ganz sicher nicht um das, was sie einmal hatten.

Definitiv nicht? protestierte die hinterste Ecke seines Verstandes.

Er knirschte mit den Zähnen. *Definitiv nicht.*

Kapitel 2

Er hetzte so schnell zum Motorrad zurück, dass die ganze Brücke auf und ab hüpfte. Es war an der Zeit, dieses Dorf zu finden, wo auch immer es sich befand, und Cara aus den Schwierigkeiten zu befreien, in denen sie steckte.

Er hatte kaum einen Fuß auf festen Boden gesetzt, als ein schrumpeliger, alter Mann halb unter einer Bananenstaude versteckt auf dem Feldweg erschien.

„*Hola*", sagte Tobin. Sein Spanisch war nicht besonders gut, aber er kam über die Runden. Meistens. „Tucumba?" Er zeigte auf die andere Seite der Brücke. *„Aquí?" In diese Richtung?*

Der Mann grinste ihn mit einem Zahnlückenlächeln an und ein Wirbelwind von Silben quoll aus seinem Mund. Tobin tat sein Bestes, um ihm zu folgen. *Viejo* bedeutete alt, *nuevo* bedeutete neu, und *Puente* bedeutete Brücke. Der alte Mann deutete über Tobins Schulter, was sagen sollte, dass sich die neue Brücke dort drüben befand. Das musste es sein, denn wenn das hier die neue Brücke war – Mann, er würde es hassen, die alte Brücke zu sehen.

Also startete er Lucy, die verbeulte, alte 500 cc Kawasaki, die er in Belize aufgegabelt hatte, und bahnte sich seinen Weg um ein paar Schlaglöcher von der Größe eines kleinen mittelamerikanischen Landes.

Einen Kilometer weiter entdeckte er die neue Brücke. Sie war breit genug für einen Jeep. Hoch genug über dem reißenden Fluss, dass eine Alternative nicht infrage kam. Brüchig genug, um einen Ingenieur zusammenzucken zu lassen. Und vollgestopft mit uniformierten Wachen.

Tobin betrachtete die Situation aus der Ferne und ließ den Motor im Leerlauf.

Bei den Wachmännern handelte es sich um stark bärtige Che Guevara-Typen, bis hin zu den Patronengurten, den braunen Mützen und den schwarzen Lederstiefeln. Was bewachten sie einhundert Kilometer von der kolumbianischen Grenze entfernt?

Wahrscheinlich zur Abwehr von Drogenhändlern. Ein Schwall der Hitze schoss durch seine Adern. Was zum Teufel machte Cara hier oben ganz allein?

Die Wachen bewachten allerdings nicht viel. Sie hatten sich alle um eine winzige Hütte versammelt und standen mit dem Rücken zur Brücke. Einer von ihnen bewegte sich und Tobi erspähte ein flackerndes, bläuliches Licht.

Ein Fernsehgerät? Hier draußen?

Er schwenkte seinen Blick weiter nach oben zu der kleinen Satellitenschüssel auf dem Dach. Vielleicht diente die gar nicht der strategischen Kommunikation, sondern der Unterhaltung. Was nur eines bedeuten konnte.

Fußball. Die Fußballweltmeisterschaft lief, einen halben Globus entfernt, und jeder Mann, jede Frau und jedes Kind in Lateinamerika schien dabei zuzuschauen. Er hatte im ganzen Land Radios plärren hören. Heute stand irgendein großes Spiel an.

Und vielleicht, nur vielleicht, war das seine Chance. Denn es gab zwei Möglichkeiten, die Brücke zu überqueren: mit einem Lächeln aufzutauchen und sich der Standardbehandlung eines männlichen Gringos zu unterziehen. Das bedeutete eine halbstündige Kontrolle seines Passes, seines Motorrads und seiner Taschen. Und selbst dann würden sie ihn vielleicht nicht durchlassen. Er hatte gehört, dass man eine Sondergenehmigung brauchte, um so tief in den Dschungel vorzudringen, und er hatte keine.

Nada.

Null, nichts.

Also blieb ihm nur die zweite Möglichkeit.

Tobin betrachtete die Brücke und die Straße, die auf der anderen Seite hinter einer Kurve verschwand. Er könnte es gerade so schaffen.

Könnte.

Jedenfalls hatte er nicht wirklich eine Wahl.

Stecke in Tucumba fest, hieß es in Caras Nachricht. Die, die er vor zwei Tagen in einer E-Mail von seiner Cousine Meredith erhalten hatte. An diese E-Mail war eine ganze Reihe von Nachrichten angehangen, die sich an einen kurzen Text von Cara anschlossen.

Stecke in Tucumba fest, im Hochland. Sie wollen mich nicht gehen lassen. Werde Stich–

Da war die Nachricht abgeschnitten. Caras Eltern waren verzweifelt – so verzweifelt, dass sie sofort Meredith schrieben, als sie erfuhren, dass Tobin sich in Panama aufhielt.

Tobin muss Cara sofort helfen!

Es gab kein PS, aber er konnte Caras Vater trotzdem murmeln hören. *Und wenn der Drecksack das hier genauso versaut, wie er alles andere versaut hat, dann ist er tot.*

Ja, ihr Vater war in dieser Hinsicht ein Juwel. Ein hart arbeitender Pizzeriabesitzer, der wahrscheinlich eine entfernte Verbindung zur Mafia hatte – irgendeinen Onkel Rocco, der Tobin mit einem einzigen Kopfschuss vom Planeten pusten konnte. Es spielte keine Rolle, dass Tobins Name einst neben Caras auf einer Hochzeitseinladung gestanden hatte. Heutzutage war er eine in Ungnade gefallene Person. Sie machten nur eine vorübergehende Ausnahme, weil er in ihrer Nähe war.

Er ließ den Motor aufheulen und ratterte die einspurige Straße entlang. Er schlitterte zwischen Spurrillen und Senken, die den meisten Allradfahrzeugen den Boden unter den Reifen weggerissen hätten.

Ich werde es nicht versauen. Dieses Mal nicht.

Die Straße fiel so steil ab, dass das Hinterrad den Kontakt zum Boden verlor. Er konnte den Ruck bis in seinem Bauch spüren. Er raste um eine Kurve auf die Zufahrt der Brücke zu.

Ganz kurz ließ er seinen Blick von den Spurrillen auf der Straße zu den Wachen huschen. Sie konzentrierten sich immer noch auf das Spiel.

Zurück auf die Straße, die unter dem Vorderreifen verschwamm.

Zurück zu den Wachmännern, die ihm jetzt näher waren. Sein Herz klopfte laut in seiner Brust.

Die Straße wurde gerade und Tobin gab Gas. Der Motor dröhnte in seinen Ohren, aber das tat der Fluss auch, und die Wachen hörten ihn nicht.

Noch nicht.

Dann wurde alles zu einem verschwommenen Getöse, als er an ihnen vorbei auf die Brücke raste.

„*Argentina dos, Brazil uno!*", rief der Fernsehkommentator. „*Tooooor–*"

Der Torjubel wurde von den Rufen der Wachmänner übertönt, die sich schließlich in Bewegung setzten und nach ihren Waffen griffen. Er konnte sie im Seitenspiegel sehen, jetzt, wo die Straße glatt war. Eben genug, um einen höheren Gang einzulegen und auf die andere Seite zu rasen. Nur noch vierzig Meter und er wäre außer Reichweite hinter der Kurve.

Dreißig. Das Motorrad flog nur so über den Rand der Brücke und in den Dreck der anderen Seite. Er fing den Aufprall mit seinen Ellbogen und Knien ab und klammerte sich fest, als ginge es ums Überleben.

Peng! Er hörte die erste Kugel nicht, sondern spürte vielmehr, wie sie durch die Luft rauschte.

Zwanzig Meter bis zur Kurve. Gott, wie er es hasste, gehetzt zu werden.

Ein zweiter Schuss ertönte und dann ein dritter. Dann so viele, dass er zwischen dem *Peng-peng-peng-peng*, das um ihn herum explodierte, und dem Rucken des Motorrads nicht mehr unterscheiden konnte. Er konnte nichts anderes tun, als sich zu ducken – als würde das viel nützen – und weiterzurasen.

Knall! Der Seitenspiegel zersplitterte.

Scheiße. Er hatte diesen Spiegel gerade erst austauschen lassen.

Noch zehn Meter. Das Rauschen des Flusses wurde leiser, als er die andere Seite erreichte. Das Geräusch der Schüsse wurde jedoch lauter. *Peng! Peng!*

Noch drei Meter. Er beugte sich über den Lenker und lehnte sich mit einem kräftigen Ruck am Gashebel in die Kurve. Und *zack!* Er war in Sicherheit.

„Verdammt!" Er riss den Lenker nach rechts. In der schwer einsehbaren Kurve stand ein halb ausgeschlachteter Lastwagen auf bloßen Achsen. Es war nur ein Wrack, aber immer noch solide genug, um einen Motorradfahrer zu töten, der es zu eilig hatte. Der Lastwagen ragte über ihm auf und er zog seinen Ellbogen ein. Und *wusch!* Er verfehlte das Wrack um ein paar Zentimeter und nur deshalb, weil die Hälfte seines Gewichts auf einer Seite lag. Während er weiterraste, befahl er seinem Herzen, es solle verdammt noch mal aus seinem Hals zurück in seine Brust rutschen und wieder in einem gleichmäßigen Rhythmus schlagen. Nicht in diesem rasenden Bongo-Takt. Denn alles war gut. Vollkommen in Ordnung, nicht wahr?

Er warf einen Blick zurück. Die Wachen schienen die Verfolgung nicht aufzunehmen. Jedenfalls noch nicht. Die Straße vor ihm war bis auf ihn, Lucy und einen erschrockenen alten Mann mit einem Maultier leer. Tobin raste an ihm vorbei und um eine Kurve. Dann blieb er quietschend stehen und starrte nach oben. Direkt nach oben. Die Ingenieure, die die Brücke gebaut hatten, schienen genau dort aufgehört zu haben, denn die Straße mündete in einen fast senkrechten Pfad, der eher für eine Ziege als einen Allradantrieb geeignet wäre.

Der Mann mit dem Maultier holte ihn ein. Tobin stellte den Motor ab und zeigte nach oben. „Tucumba?"

„*Sí, Tucumba.*" Der Mann lächelte und stapfte weiter, als würden nicht jeden Moment ein Dutzend Männer um die Ecke gesprintet kommen. Als gäbe es keinen rauen zerklüfteten Dschungel auf beiden Seiten des Pfades. Als würde die Liebe seines Lebens nicht irgendwo dort oben gefangen gehalten werden.

„Tucumba", murmelte Tobin halb, halb seufzte er es.

Tucumba. Zumindest gab es eine Art von Hochgefühl, wenn man so draufgängerisch lebte.

Irgendwie.

Er versteckte Lucy so weit von der Straße entfernt, wie er nur konnte. Was überhaupt nicht weit war, wenn man die pythondicken Lianen und Baumwurzeln bedachte. Der Dschungel wucherte über die Ränder der Straße und eroberte sich langsam sein Gebiet zurück. Die Blätter des nächsten Busches waren so groß wie ein Regenschirm und es dauerte nicht lange, bis er Lucy versteckt hatte. Er warf sich seinen Rucksack über die

Schultern, schnappte sich eine Wasserflasche aus den Satteltaschen und schaute den Weg zurück, den er gekommen war. Noch immer keine Spur vom Militär. Wenn er Glück hatte, hatten sie ihn bereits aufgegeben und sich wieder ihrem Fußballspiel zugewandt. Wenn er kein Glück hatte, nun ja...

Er machte sich auf und trabte den Berghang hinauf.

Vor achtundvierzig Stunden hatte er Surfanfängern an einem endlosen Sandstrand an der Pazifikküste Panamas Unterricht gegeben. Jetzt schwitzte er literweise und wirkte wie ein Soldat auf einem Zwangsmarsch. Ein Schweizer Soldat in einer überwucherten tropischen Version der gottverdammten Alpen. So fühlte es sich nach der ersten Stunde an.

Und nach der zweiten und der dritten. Inzwischen trottete er nicht mehr, sondern stapfte nur noch so dahin. Er hätte sich genauso gut den Inhalt der Wasserflasche über sein T-Shirt schütten können, so sehr schwitzte er jetzt.

Er schwitzte und fluchte und schleppte sich weiter. Wie zum Teufel war Cara an einen Ort wie diesen gelangt? Und warum? Ein Bild von ihr durchzuckte ihn, so dass er fast gestolpert wäre. Als sie sich das erste Mal begegnet waren, hatten ihn ihre rabenschwarzen Augen und das lange, schwarze Haar an eine römische Göttin erinnert. Das letzte Mal, als er sie gesehen hat... Nun, darüber wollte er lieber nicht nachdenken.

Vor ihm verengte sich der Weg zu einem Trampelpfad mit massiven Dschungelwänden auf beiden Seiten. Die Schatten vibrierten mit unbekanntem Quietschen, Kreischen und Geschrei. Ein Affe brüllte. Ein wütender Vogel flatterte direkt über seinen Kopf. Ein riesiger lila Schmetterling tanzte durch den einzigen Tageslichtschacht.

Es war wie in einem Film. Bis zu der Stelle, an der das Gebüsch raschelte. Ein Schwarm brauner Gestalten löste sich aus den Schatten und umzingelte ihn mit einem Chor von Grunzern. Fünf kompakte, bronzehäutige Männer, die ihm kaum bis zu den Schultern reichten. Fünf Paare grimmiger Augen, betont von dicken, schwarzen Farbstrichen. Nackte Oberkörper, nackte Füße. Fast alles nackt, bis auf die Lendenschurze.

Aber darauf konzentrierte er sich nicht. Der Anblick von fünf Blasrohren, die auf ihn gerichtet waren, war weitaus fesselnder. Er schluckte, als er sich die vergifteten Pfeile darin vorstellte, und riss die Hände in die Höhe.

„Ähm... *Hola?*"

Kapitel 3

Cara setzte ein Lächeln auf und schlenderte den Dorfweg entlang. Vielleicht würden sie es dieses Mal nicht bemerken. Vielleicht konnte sie dieses Mal entkommen. Vor ihren Füßen liefen Hühner umher und wenn man nicht so genau hinsah, würde es wie jedes andere mittelamerikanische Dorf wirken – seit ihrer Versetzung nach Panama vor zwei Monaten war ihr dies nun alles vertraut. Barfüßige Kinder, pickende Hühner, ein Feldweg. Das leise Stimmengewirr, das Geräusch der Frauen, die mit Steinstößeln Getreide zerstampften. Die räudigen Hunde, die im Nachmittagsschatten schnarchten.

Aber ansonsten war dieses Dorf überhaupt nicht wie jedes andere, auch nicht in Panama. Wohl eher ein Ort aus einer Fotoreportage in einem *Geo* Magazin, angefangen von den bemalten Gesichtern der Bewohner bis hin zu den strohgedeckten Hütten und dem dichten, dunklen Dschungel ringsherum. Das Dorf war eine winzige Lichtung in einem riesigen Teppich aus lebendigem, atmendem Grün. Es hätte wunderschön sein können, wenn sie freiwillig gewählt hätte, die letzten sechs Tage hier zu verbringen.

Aber das war nicht der Plan gewesen. Sie hatte es überhaupt nicht so geplant. Es sollte ein kurzer Besuch werden. Nur ein Nachmittag, um einen alten Häuptling davon zu überzeugen, auf der gepunkteten Linie für ein Geschäft zu unterschreiben, für dessen Ablehnung er keinen Grund hatte.

Aber es war nicht so gelaufen. Das Treffen hatte sich in die Länge gezogen und egal, was sie versuchte, niemand schien bereit zu sein, ihrem Skript zu folgen. Minuten dehnten sich zu Stunden aus und als sie das Versammlungshaus endlich verließ, hatte der Führer, der sie in diese Gegend gebracht hatte, seine

Sachen gepackt und war gegangen.

„Er hat was getan?", kreischte sie zunächst auf Englisch und dann auf Spanisch, während sie versuchte, ihr feuriges italienisches Temperament unter Kontrolle zu halten. „Wie soll ich denn hier wieder rausfinden?"

„Machen Sie sich keine Sorgen." Rodrigo, der Neffe des Häuptlings, hatte mit einer gleichgültigen Hand abgewunken. „Wir werden Ihnen einen neuen Führer besorgen." Er räusperte sich und murmelte: „Irgendwann."

Irgendwann?

Sie hatte nach einem anderen Führer gesucht, aber es gab niemanden, der sie aus dem Dschungel führen konnte. Nur den finsteren französischen Anthropologen, der im Dorf lebte, aber der war sofort davongestapft, als sie den Namen der Firma erwähnte, für die sie arbeitete.

Sie fing wirklich an, sich Sorgen zu machen, als eine Frau sie zu einer Gruppe winziger Ökotourismushütten führte, die nur zu den seltenen Gelegenheiten genutzt wurden, wenn sich jemand weit genug von den ausgetretenen Pfaden entfernte, um dieses Dorf zu besuchen. Aber in dieser Nacht war es nur sie gewesen. In der Hütte gab es ein Bett mit einem Moskitonetz, ein kleines Becken und eine Schüssel mit Wasser und sonst nicht viel.

„*Buenas noches, Señorita.*" Die Frau stellte einen Teller mit Essen auf den grob gezimmerten Tisch und ging dann davon.

Buenas noches? Seit wann verbrachte sie die Nacht hier?

Seit fünf Nächten.

Wilder Dschungel umgab das Dorf wie Gefängnismauern und der einzige Weg hinaus war die Straße. Sie schlenderte den Dorfweg hinunter, richtete ihre Kamera mal hierhin und mal dorthin und versuchte, wie eine Touristin und nicht wie eine Gefängnisausbrecherin auszusehen, während sie sich der Straße näherte – oder dem, was in einem so abgelegenen Teil der Welt als Straße galt.

Am zweiten Tag hatte sie es bis zur zweiten Kurve geschafft. Weit genug, dass ihr Handy einen Balken Empfang anzeigte, wenn sie es hochhielt.

„Komm schon, komm schon." Sie hatte das Handy ange-
fleht. „Bitte, noch einen Balken..."

Das Display flackerte einen Moment lang zu zwei Balken
und dann wieder zurück zu gar keinem.

„Bitte, nur eine Nachricht. Lass mich nur eine Nachricht
senden. Eine kleine Nachricht..."

Das Empfangssignal kam und ging und sie drückte jedes
Mal auf *Senden*, während sie verzweifelt versuchte, Kontakt
zur Außenwelt herzustellen.

Doch dann war eine Gruppe von Frauen aufgetaucht, die
wie eine Hühnerschar gackerte und sie zurück ins Dorf trieben.
Am nächsten Tag war es offensichtlich, dass die Dorfbewohner sie nicht nur hinhielten, sondern sich regelrecht weiger-
ten, sie gehen zu lassen. Jedes Mal, wenn sie einen Schritt in
Richtung Straße machte, versperrten sie ihr den Weg. Einmal
war sie sogar mitten in der Nacht aufgestanden, um sich aus
dem Staub zu machen, aber die Dschungelgeräusche hatten sie
zurück ins Dorf getrieben. Das Einzige, was sie in dieser Nacht
geschafft hatte, war, eine kurze Nachricht an ihre Schwester zu
übermitteln. Die Frage war nur, ob sie angekommen war?

Sie hielt inne und tat so, als würde sie an rosa Blüten
schnuppern, während sie ihre blitzenden Augen hinter dem
Vorhang ihrer langen, schwarzen Haare verbarg. Sie schlich sich
in Richtung Straße. Vielleicht würde sie es heute weit genug
schaffen, um ein Funksignal zu empfangen und möglicherweise
eine Antwort zu erhalten. Vielleicht würde sie es sogar weit
genug schaffen, um...

„Gehen Sie irgendwohin, *Señorita*?"

Sie wirbelte so schnell herum, dass sie dem Mann fast mit
ihrer Kamera gegen das Kinn geschlagen hätte.

„Rodrigo." Sie kniff die Augen zusammen, als sie den stol-
zesten einen Meter sechzig großen Stammeskrieger vor sich musterte, den sie je gesehen hatte.

„Ein schöner Tag im Dorf, nicht wahr?" Der Neffe des
Häuptlings trat zur Seite und versperrte die Straße.

Das Englisch, das er während seines Auslandsstudiums auf-
geschnappt hatte, überraschte sie angesichts seiner einheimischen Tracht immer wieder. Er sprach perfektes amerikanisches

Englisch und Spanisch, aber auch die lebhafte Sprache der Einheimischen. Der Neffe des Häuptlings war wie eine Brücke zwischen zwei Welten – einer dieser seltenen Hinterwäldler, die es in die große, böse Welt geschafft hatten, bevor sie zu ihren Wurzeln zurückkehrten. Cara konnte sich gut vorstellen, wie er vor einem Gerichtsgebäude für die Rechte der Ureinwohner demonstrierte und den Reportern ein paar eingängige Sprüche für die Abendnachrichten lieferte.

Sie stemmte die Hände an die Hüfte. „Ich glaube, in Panama City muss es auch ein schöner Tag sein."

Er runzelte die Stirn. „In der Stadt ist es niemals schön. Keine Stadt ist schön. Ich war dort. Ich weiß es. New York, Washington, Panama City: Sie sind alle gleich." Er schüttelte den Kopf. „Nur im Dschungel kann ein Mensch wirklich atmen." Seine nackte Brust hob sich zu einem langen Atemzug, als wolle er seinen Standpunkt verdeutlichen.

„Rodrigo, ich muss zurück zur Arbeit. Warum lassen Sie mich nicht gehen?"

„Keine Sorge, *Señorita*. Am Sonntag können Sie gehen."

„Sonntag ist es zu spät!" Sie musste den Vorschlag am Freitagnachmittag um fünfzehn Uhr bei der nationalen Telekommunikationsbehörde vorlegen. Ohne deren Zustimmung war der Plan ihres Unternehmens futsch. Ihr Job wäre dahin.

„*Señorita*, genießen Sie das Dorf. Den schönen Regenwald. Wie man in New York so schön sagt: Lehnen Sie sich zurück und entspannen Sie sich."

Sie schnaubte. Sie hatte vier Jahre lang in New York gearbeitet und noch nie jemanden getroffen, der sich zurücklehnte und entspannte.

„Wenn ich mich entspannen wollte, hätte ich mir etwas zum Wechseln mitgebracht. Ein Buch. Mein Tagebuch." Das Tagebuch, in dem es um gutgelaufene Geschäfte und schiefgelaufene persönliche Dinge ging. „Warum lassen Sie mich nicht gehen?"

Rodrigo gab einen kleinen Laut von sich, der gar nichts aussagte. „Genießen Sie das Dorf, *Señorita*." Und damit schlenderte er davon.

Sie ließ sich auf einen Baumstamm sinken, der als Bank diente, trat in den Dreck und verbrachte die nächste Viertelstunde damit, über ihr Schicksal zu grübeln. Sie hatte eine kurze Nachricht an die Arbeit geschickt, aber das war außerhalb der Bürozeiten gewesen. Wenn die falsche Person sie zuerst abhörte – wie dieses Stinktier Enrique, der es schon die ganze Zeit auf ihren Job abgesehen hatte – nun, wer wusste denn, wozu er fähig wäre. Zum Beispiel, indem er einfach auf *Löschen* drückte.

Irgendwie musste sie hier raus, und zwar bald. Sie hatte noch achtundvierzig Stunden und die Uhr tickte.

Aber wie? In ihrem Besitz befanden sich ein paar Sandalen, ein schlappmachendes Mobiltelefon und eine halbe Flasche Insektenspray. Kein Schweizer Taschenmesser, kein Kompass, keine Ahnung. Sie war nicht nach Tucumba gekommen, um Dschungelabenteuer zu erleben. Sie war hergekommen, um ein Geschäft abzuschließen. Und Freitag – der große Termin – war nur noch drei Tage entfernt!

Ein Huhn pickte neben ihrem Fuß auf der Erde herum. Ein Hahn krähte zum fünften Mal in drei Minuten. Er hatte auch den größten Teil der letzten Nacht gekräht, aber sie hatte die Fantasien, ihm den Hals umzudrehen, längst hinter sich gelassen. In Gedanken schoss sie ein imaginäres Foto für ihr mentales Album und kritzelte eine Bildunterschrift dazu. *Das Ende meiner Karriere.*

Das entfernte Geräusch von Stimmen drang an ihr Ohr. Sie wurden immer lauter – sogar lauter als das ständige Zirpen von tausend Dschungelinsekten im Hintergrund. Erst als das aufgeregte Geschnatter eines halben Dutzends Kinder die Lichtung füllte, schaute sie auf. Jemand kam den Berghang hinauf.

Einen Moment später erschienen zwei Köpfe über der Anhöhe. Der eine war ein drahtiger, alter Mann, der diesen Weg jeden zweiten Tag antrat. Der andere gehörte seinem reizbaren Gegenstück, einem mit Vorräten beladenen Maultier.

Dann tauchten ein paar weitere Gestalten hinter ihnen auf – eine wahre Menschenmenge in diesem Teil des Waldes. Eine Gruppe von Dorfbewohnern begleitete den alten Mann und eine weitere Person. Jemanden, der größer war und blasser. Die Kinder sprangen auf und ab und versperrten ihr die Sicht. Es musste ein Fremder sein, denn wer sonst würde einen solchen Aufruhr verursachen?

Sie stand auf, um sich den Neuankömmling besser ansehen zu können, und versuchte, sich nicht zu viele Hoffnungen zu machen. Vielleicht hatte ihre Firma endlich jemanden geschickt, um sie abzuholen? Vielleicht könnte sie endlich gehen?

Doch in dem Augenblick als sie einen Blick auf ihn erhaschte, gaben ihre Knie nach und sie fiel so hart auf ihr Hinterteil, dass ihr Steißbein schmerzte. Aber das war nichts im Vergleich zu dem Schrei, der aus ihrem Herzen drang.

Nicht er. Nicht jetzt. Nicht hier. Das konnte doch nicht wahr sein.

„*Gringo! Gringo!*" Die Kinder umringten ihnen wie den Messias und sie konnte seine gutmütige Antwort hören.

„*Hola! Hola!*"

In seiner Stimme schwang etwas Fröhliches mit und es passte ja auch, denn Tobin war freundlich, fröhlich und im Herzen ein Kind. Ihre weiblichen Körperteile bebten bereits, weil auch sie diese Stimme kannten. Auf intime Weise. Es war schon sehr lange her, dass sie sich das letzte Mal geliebt hatten, aber sie konnte immer noch spüren, wie er unanständige Versprechen in ihr Ohr summte.

Die Kinder teilten sich wie das Wasser vor Moses und da stand Tobin – lächelnd und lachend, als wäre es nichts als ein weiterer großartiger Tag. Er schritt auf sie zu wie ein olympischer Sportler, der das Podium besteigt, um sich seinen Preis abzuholen – und sein Gesichtsausdruck sagte, dass *sie* der Preis war.

Jedes Signal in ihrem Gehirn funkte durcheinander. Alle ihre Nerven feuerten auf einmal. Gott, er war immer noch derselbe. Das gewellte, dichte, braune Haar, das schrie, dass es ihm völlig egal war, wie er aussah – und garantierte, dass er wirklich immer, immer wie die schönste Fantasie eines Mädchens wirkte. Derselbe wohlgeformte Körper, dieselben funkelnden Augen, die sagten, dass das Leben wie ein Champagner war, an dem er sich jeden Morgen und jeden Abend betrinken könnte.

Sechs Jahre und Tobin hatte sich kein bisschen verändert. Seine blauen Augen tanzten, so als gäbe es einen Witz, den er ihr unbedingt erzählen wollte.

Und doch war er auch anders. Irgendetwas an ihm schien zu aufgedreht, so als müsse er sich selbst davon überzeugen, dass er Spaß hatte. Sein Blick huschte hin und her – nicht auf der Suche nach einem Flirt, sondern nach einem Freund.

Sie schnaubte. *Einsam* war kein Wort, das in denselben Satz wie Tobin Cooper passte. Der Mann zog Frauen an wie Körner die Gänse, die alle schnatterten, sich aufplusterten und sich gegenseitig aus dem Weg hackten.

„Hallo Cara." Seine Stimme war gleichmäßig, aber sein Brustkorb hob sich.

Sie öffnete den Mund, brachte aber kein Wort heraus.

Der Neffe des Häuptlings stürzte herbei und redete auf die Männer ein, die Tobin mitgebracht hatten. Er sprach in der Sprache der Eingeborenen, aber die Botschaft war ziemlich deutlich. *Was habt ihr euch nur dabei gedacht, diesen Fremden hierherzubringen? Wie konntet ihr ihm vertrauen?*

Tobin schenkte Rodrigo ein gewinnendes Lächeln. „*Argentina dos, Brazil uno.*"

Sie blinzelte. War das eine Art Geheimcode?

Ein Ausbruch der Begeisterung ging durch die Menge und einige jubelten sogar. Fußballergebnisse? Sicher, Fußball war in Lateinamerika König, und die kleineren Länder feuerten das spanischsprachige Argentinien jedes Mal gegen Brasilien an. Aber sie hatte nicht erwartet, dass sich diese Dorfbewohner dafür interessierten.

„Wer ist das?" Rodrigo zeigte mit einem anklagenden Finger so hoch wie möglich auf Tobins Oberkörper, was sich ungefähr auf Höhe seiner Brustmuskeln befand. Die flachen, harten Brustmuskeln, an die Cara ihren Kopf zu legen pflegte, bevor sie einschlief.

Sie verpasste sich selbst eine mentale Ohrfeige und zwang ihren Verstand, wieder in Gang zu kommen.

Wie Tobin hierhergelangt war, und warum – das wusste sie jetzt nicht. Aber im Moment war er ihre einzige Hoffnung.

Gott. Sie war wirklich verzweifelt.

Dann schoss ihr ein verrückter Gedanke durch den Kopf und sie sprang auf die Füße.

„*Mi Marido!*“, grinste sie und nur die Hälfte dieses Geräusches war vorgetäuscht. Eine Sekunde später stürzte sie sich auf Tobin und drückte ihm einen Kuss auf die Lippen.

„*Marido! Marido!*“ Das Wort ging wie ein Summen durch die versammelten Dorfbewohner.

Elektrizität durchströmte sie, als Tobin seine Hände um ihre Taille schloss. Seine Lippen zuckten unter ihren und er drängte sich näher. Sie konnte die Überraschung schmecken, zusammen mit dem leisesten Flüstern von Hoffnung.

„*Marido?*“ Rodrigos Stimme triefte vor Misstrauen.

„*Marido?*“, murmelte Tobin, nachdem sie keuchend wie ein Fisch nach Luft geschnappt hatte.

Es kam nicht oft vor, dass man einen Mann wie Tobin überrumpelte, und der Ausdruck auf seinem Gesicht war unbezahlbar. Nur, dass ihre Worte sie genauso überrumpelt hatten wie ihn. Es fiel ihr schwer, zu atmen.

„*Marido.*“ Sie nickte. „Mein Ehemann.“

Kapitel 4

Tobin hatte gedacht, es würde wehtun, Cara wiederzusehen. Das tat es aber nicht. Es brachte seinen Körper zum Singen.

Sein Herz trommelte nicht nur wegen des Aufstiegs. In dem Moment, als er sie erblickte, brach in seiner Seele ein ganzer Chor aus, der „Halleluja" sang. Jeder Schritt in ihre Richtung war wie ein Schritt aus einem Traum – aus dem Traum, in dem sie ihn anrief, um ihm zu sagen, dass sie einen schrecklichen Fehler gemacht hatte, und ihn anflehte, zurückzukommen.

Cara. Die erste Person, die er je getroffen hatte, die ihn dazu brachte, alles richtig machen zu wollen, anstatt zu beweisen, wie viel er falsch machen konnte. Die letzte Frau, der er jemals etwas versprochen hatte. Die einzige Frau, die ihm genauso viel Lust auf morgen machte wie auf heute.

„Wie bist du denn hierhergekommen?", zischte sie.

Er zuckte mit den Schultern. „Mit der internationalen Sprache – Fußball." In einem Moment hatten die Dorfbewohner mit ihren Blasrohren auf ihn gezielt. Und im nächsten Moment klopften sie ihm auf den Rücken und jubelten. Ein verrücktes Plätzchen, dieses Panama.

„Und was ist mit der Brücke?"

„Was soll damit sein?"

„Wie bist du über die Brücke gekommen?"

„Ähm…" Er zögerte. Es schien nicht der beste Zeitpunkt zu sein, das genau zu erklären. „Auf dem üblichen Weg?"

Er schaute sich um. Die Männer unten an der Brücke hatten Walkie-Talkies und Maschinengewehre. Hier oben gab es kleine, nur mit Lendenschurz bekleidete Kerle mit Blasrohren. Irgendwie war er beim Erklimmen dieses Berghangs mehrere Jahrhunderte zurückversetzt worden.

Aber Zeit spielte keine Rolle, nicht wenn es um ihn und Cara ging.

„Ehemann, was?", gelang es ihm, zu sagen, nachdem sich das Dröhnen in seinen Ohren gelegt hatte.

„Spiel einfach mit, Teufelskerl", raunte sie ihm in sein Ohr.

Er verzog die Lippen zu einem so breiten Grinsen, das es schmerzte. So hatte sie ihn in ihrer allerersten gemeinsamen Nacht genannt, zu der es nur ein paar Stunden nachdem sie sich kennengelernt hatten, gekommen war. Er, der Skilehrer, hatte gedacht, ihn erwarte nur ein normaler, eiskalter Tag in Vermont. Sie, die Kundin, die zum ersten Mal in ihrem Leben auf ein Paar Skiern stand.

Dieser Tag war ein Traum gewesen... Und diese Nacht erst... Wow. Ein Vorspiel zu dem, was er als Schicksal empfand. Das Beste, was ihm jemals passiert war: Cara in seinem Leben zu haben. Am liebsten für immer.

Sie wollte also, dass er sich als ihr Ehemann ausgab? Und wie er das tun würde, gar keine Frage.

Er knabberte mit den Zähnen an ihrem rechten Ohr und zwickte sie ganz leicht, genau so, wie sie es liebte. „Ich habe dich vermisst, Schatz."

Was keine Lüge war. Nicht im Geringsten.

Cara stieß den winzigsten Hauch eines Stöhnens aus, das seinen Schwanz in höchste Alarmbereitschaft versetzte, und zwar auf der Stelle. Sie stieß ihn mit einem Funkeln in den Augen weg.

Natürlich war sie so schön wie eh und je mit ihrem langen, schwarzen Haar – wie dem Porträt einer italienischen Prinzessin entsprungen, die in einem Turm auf einem Hügel eingesperrt war. Rabenschwarze Augen, die selbst im schummrigen Licht dieses Berggipfels glitzerten und strahlten. Dreißig Jahre standen ihr sogar noch besser als vierundzwanzig und er konnte sich nicht verkneifen, sich näher an ihren Hals zu schmiegen.

Sie versteifte sich. „Übertreibe es nicht."

„Es ist wahr! Ich habe dich vermisst." Jeden Tag. Jede Nacht. Er vergrub seine Nase für einen Moment in ihrem Haar und das nicht, um einen glaubhaften Eindruck zu machen, sondern um sich zu verstecken. Denn er hatte sie vermisst.

Sehnsüchtig. Er musste ein gutes Dutzend Male heftig blinzeln, bis er es wagte, sein Gesicht wieder zu heben.

Sie griff nach seiner Hand und führte ihn von der Menge weg. „Ich werde meinem Ehemann zeigen, wo wir untergebracht sind."

„Untergebracht?", flüsterte er und stellte sicher, dass er ihr Ohr mit den Lippen schmeckte. „Ich dachte, du wolltest hier weg."

Sie schaute ihn mit verwunderten Rehaugen an. „Bist du deshalb hier? Um mir zu helfen?"

Er wählte seine Worte mit Bedacht, denn Cara brauchte nicht gerne Hilfe. „Meredith hat mir erzählt, dass du hier draußen festsitzt. Also bin ich hergekommen."

„Woher?"

Er wünschte, er könnte sagen, dass er seinen Job in einem hochrangigen Unternehmen aufgegeben hatte, nur um für sie nach Mittelamerika zu jetten. Aber verdammt, eine fünfzehnstündige Fahrt quer durch Panama musste doch auch etwas wert sein. „Santa Catalina. An der Pazifikküste."

„Catalina?" Sie starrte ihn mit offenem Mund an. „Was hast du denn dort gemacht?"

„Die Frage ist doch, was machst du hier?"

Bei *hier* handelte es sich um eine drei mal drei Meter große Hütte in einer Reihe von Gästebungalows am Rande des Dorfes.

„Hey! Moment mal!" Ein drahtiger junger Mann streckte ihm einen Finger auf die Brust. Die Augen des Mannes schrien Dschungelkrieger. Und die schwarzen Linien auf seinem Gesicht verzogen sich mit dem Stirnrunzeln. Tobin erwartete, dass eine kehlige Eingeborenensprache aus seinem Mund strömen würde, aber er sprach perfektes Englisch. „Wer ist das?"

Tobin streckte seine Hand aus und ließ ein breites Lächeln aufblitzen. „Tobin Cooper. Und Sie?"

Das Stirnrunzeln des Mannes vertiefte sich.

„Tobin, das ist Rodrigo, der Neffe des Häuptlings", sagte Cara. Es war eher ein Seufzen als eine Vorstellung. „Rodrigo, das ist Tobin. Wenn Sie uns jetzt entschuldigen würden..."

Bestimmt, höflich, ohne Umschweife. Cara im Geschäftsmodus. Tobin lächelte. Die Frau hatte sich nicht umsonst in der Firma hochgearbeitet.

„Ja, wenn Sie uns entschuldigen würden." Er lächelte frech. „Ich kann es kaum erwarten, ein wenig private Zeit mit meiner Frau zu verbringen."

Cara erstarrte in der halbgeöffneten Tür.

Tobin tat so, als hätte er es nicht gemerkt. „Es ist schon viel zu lange her." Sechs lange Jahre, aber das brauchte der Mann ja nicht zu wissen.

Ihr Kiefer verkrampfte sich, als sie die Tür den Rest des Weges aufzog. Sie winkte ihn mit einem wilden Schlag gegen die dicke Dschungelluft herein. Tobin winkte den neugierigen Kindern zu, die ihnen hinterhergelaufen waren. *„Hasta luego,* Kinder."

In dem Augenblick, als er eintrat, fiel sein Blick auf das Himmelbett, das mit einem Moskitonetz überspannt war. Elegant, auf eine Buschcamp-Art und Weise. Angesichts der unordentlichen Laken, suggestiv. Als hätte Cara ihn gerade aus dem Bett gerollt, anstatt ihn hineinzuschieben.

Cara trat hinter ihm ein und schlug die Tür zu, so dass die ganze Hütte wackelte.

Ja. Das war Cara, wie sie leibt und lebt. Seine Cara.

Kapitel 5

Tobin drehte sich um und drückte die Schultern durch. Cara würde ihm eine Abreibung verpassen und er wusste es genau. Sie würde ihn dafür fertigmachen, dass er vor sechs Jahren alles mit einer einzigen Dummheit vermasselt hatte. Sie würde die ganze Frustration, die sich in ihrem versteifen Körper zeigte, an ihm auslassen.

Und er war bereit, es wie ein ahnungsloses Hündchen hinzunehmen, verdammt noch mal. Sein imaginärer Schwanz wedelte wie wild, nur um wieder an ihrem Leben teilhaben zu dürfen – und sei es nur für kurze Zeit.

„Also dein Ehemann, was?", sagte er, bevor sie in die Luft gehen konnte.

„Ich war verzweifelt."

„Offensichtlich."

Sie funkelte ihn an.

„Aber es hat mir irgendwie gefallen." Er riskierte ein Grinsen.

„Natürlich hat es das."

„Also, Mrs. Cooper, was führt Sie nach..."

Sie schlug ihm gegen den Arm. „Ich heiße Leoni. Miss Leoni." Sie zog das Wort *Miss* in die Länge.

„Hätte auch Cooper sein können", neckte er sie. Es war ein Reflex wie das Atmen. Blinzeln. Schlafen. Sie zu lieben.

Und sie zu necken. So viel Spaß.

„Ich wollte meinen Nachnamen behalten, weißt du nicht mehr?"

Natürlich erinnerte er sich.

„Dann hätte ich ein Leoni sein können." Es sollte ein Scherz sein, aber seine Stimme verriet ihn. Sie klang gebrochen und verzerrt. Traurig. Er überspielte es mit einem breiten Grinsen. Normalerweise funktionierte das.

Aber nicht bei Cara. Sie schüttelte den Kopf und er machte sich auf das Theater gefasst. Auf einen kompletten Ausbruch des italienischen Temperaments, das sie ab und zu entfesselte, komplett mit wütenden Händen, feurigen Augen und einem gewaltigen Rammbock von Silben.

Und natürlich riss sie die Hände in die Luft. „Deshalb waren wir nie gut zusammen."

„Wir waren immer großartig zusammen", knurrte er.

„Du nimmst nichts ernst."

„Du nimmst alles viel zu ernst."

„Eine Ehe ist eine ernste Sache, Tobin. Darüber sollte man keine Witze machen."

„Es war nie ein Witz." Es kam in einem rauen Flüsterton heraus, den er mit einem Schulterzucken überspielte. „Man kann scherzen oder man kann weinen." Eine schmale Grenze, die er öfter überschritten hatte, als er zugeben wollte.

Cara holte tief Luft und verlor dann plötzlich ihren Antrieb. Vielleicht hörte sie ja doch endlich zu. Sie stand mit zittrigen Händen und schüttelndem Kopf da und war scheinbar nur einen Atemzug davon entfernt, zusammenzubrechen – oder ihn zu schlagen.

Dann blieb ihr Blick an etwas auf der rechten Seite seines Gesichts hängen und wurde weicher. Sie berührte seine Wange und er schloss die Augen, um sich auf das Gefühl zu konzentrieren, erneut von Cara berührt zu werden.

Ihr Rosenblätterduft füllte seine Lunge. Ihr weicher Daumen strich über seine Wange und obwohl es ein wenig brannte, war es ihm egal.

„Was ist das für eine Narbe?", flüsterte sie mit bebenden Lippen.

Er antwortete nicht sofort, denn er musste diesen Beweis erst einmal verdauen. Cara hatte es bemerkt. Es war ihr nicht egal.

„Tobin?"

Er ließ sich zu viel Zeit, aber diese Minute würde ihn vielleicht ein Leben lang reichen müssen, also wollte es in die Länge ziehen. Die Narbe und der blaue Fleck, der nach sechs Wochen immer noch ein wenig gelb war, spielten keine Rolle. Aber ihr war es wichtig und das ließ eine ganze Schar von Schmetterlingen in seinem Bauch toben.

„Tobin, was ist passiert?"

Lügen wäre einfacher. Er könnte einfach sagen, er sei von einem Surfbrett getroffen worden. Aber er hatte Cara noch nie belogen und würde auch jetzt nicht damit anfangen.

„Ich hatte in Belize eine kleine Begegnung mit der zwielichtigen Seite des Gesetzes."

Sie schaute ihn mit großen Augen an und wirkte untypisch zerbrechlich und voller Bedauern.

„Cara", fing er an, aber sie hob die Hand zu einem Stoppsignal und schloss die Augen.

Okay, nicht der richtige Zeitpunkt für diese Geschichte. Aber vielleicht ein guter Zeitpunkt, um sie zu halten. Er schlang seine Arme um sie. Nicht so abrupt, wie sie ihn draußen umarmt hatte, aber genauso fest. Er lauschte auf jeden einzelnen Atemzug, hielt sie und sagte nichts. Denn was gab es denn schon zu sagen?

Abgesehen von *Ich habe dich so vermisst* und *Nimm mich zurück* und all den anderen Dingen, die harte Jungs nicht sagen sollten, wenn sie ihren Stolz bewahren wollten.

Aber er wollte seinen Stolz nicht. Er wollte nur sie.

Also hätte er es fast gesagt. *Cara, ich habe dich in jeder Minute eines jeden Tages vermisst.*

Vielleicht wusste sie, was kommen würde, denn sie schniefte und wich zurück. Sein einziger Trost war es, dass sie ihn nicht schubste, wie sie es bei ihrem letzten Abschied getan hatte. Vor sechs Jahren, als er zu ihr gekommen war und sie um eine Chance für eine Erklärung gebeten hatte.

Eine Fliege summte zwischen ihnen herum und er scheuchte sie weg.

„Was ist los, Cara? Was machst du hier?"

Sie holte tief Luft und begann leise. Bedauernd fast schon.

„Ich arbeite für TeleCel."

„Die Handyfirma? Ich dachte, du hättest für die andere gearbeitet."

„TeleCel ist eine Tochtergesellschaft und ich habe das Angebot bekommen, hierherzukommen. Nach Panama."

Es ergab Sinn. Cara sprach fließend Spanisch und war ein aufstrebender Star in ihrer Firma gewesen. Er wusste das, denn er hatte es sich zur Gewohnheit gemacht, seine Cousine Meredith nach Neuigkeiten über Cara auszuquetschen. Da Meredith mit Caras älterer Schwester befreundet war, wurde er so regelmäßig auf den neuesten Stand gebracht. Aber von Panama hatte er noch nichts gehört.

„Wie lange bist du denn schon hier?"

„Erst seit zwei Monaten."

Zwei Monate. Ungefähr so lange waren er und sein Bruder mit dem Boot, das sie von ihrem Großvater geerbt hatten, nach Belize gesegelt. Deshalb hatte er nichts davon gehört.

„Moment", sagte sie abrupt. „Wie lange bist du schon in Panama?"

„Etwa drei Wochen."

Sie schauten sich schweigend an und er hätte schwören können, dass sie den gleichen Gedanken hatte. *Wenn ich das gewusst hätte...*

Cara schüttelte leicht den Kopf und ihre langen, schwarzen Haare wippten. Er musste erst einmal tief durchatmen, bevor er noch irgendetwas verarbeiten konnte. Oh, reden. Sie sprach weiter.

„Dieser Teil von Panama – von hier bis zum Darien Gap – ist der letzte große Teil Lateinamerikas ohne Handyempfang", sagte sie. „Wer auch immer seinen Sendemast zuerst auf den Cerro Atrato stellt", sie deutete auf einen Berggipfel, „wird das letzte große Stück unberührten Gebietes erobert haben."

Er warf einen Blick hinaus auf die einfachen Hütten des Dorfes. Eine Frau schlug mit einem Stock gegen einen gewebten Teppich. Ein Schwein wühlte neben ihren Füßen im Matsch.

„Warum? Es ist ja nicht so, dass hier Tausende von Kunden um Handyempfang betteln."

Cara schüttelte den Kopf. „Es wäre eher ein Marketingerfolg als ein finanzieller Gewinn. TeleCel will das. Sie brauchen es. Deshalb haben sie mich hierhergeschickt, um den Häuptling dazu zu bringen, diesen Vertrag zu unterschreiben. Alles, was

TeleCel will, ist eine kleine Satellitenschüssel mit dem Hubschrauber zu bringen. Sonst nichts. Kein Abholzen des Regenwaldes, kein Eingriff in ihr Leben. Nur einen Sendemast."

„Und aus irgendeinem Grund sind diese Leute so wütend auf die Mobilfunkindustrie, dass sie dich als Geisel festhalten?"

„Nein, sie schienen mit dem Deal einverstanden zu sein. Ich bin sicher, es hat mit DigiOne zu tun."

„Digi wer?"

„DigiOne, die andere große Telekommunikationsgesellschaft hier unten. Wir sollen der Investorengruppe, die das Projekt ausgeschrieben hat, am Freitag ein Angebot vorlegen. Wenn DigiOne das einzige Unternehmen ist, das dort auftritt, werden wir das Geschäft verlieren."

Er versuchte, nicht mit den Schultern zu zucken. Wen interessierte schon ein Geschäftsabschluss?

Ihre Augen funkelten. „Ich werde meinen Job verlieren, Tobin. Die Firma hat mich nach Panama geschickt, um Ausschreibungen wie diese zu gewinnen. Ich werde meinen Ruf verlieren, den ich mir über Jahre hinweg aufgebaut habe. Weißt du eigentlich, wie schwer es ist, es in diesem Geschäft zu schaffen?"

Nein, aber er wusste, wie sehr sich Cara nach Erfolg sehnte. Das war ihm nicht klar gewesen, bis er ihre Eltern kennengelernt hatte. Es handelte sich um ein hart arbeitendes Einwandererpaar, bei dem die Highschool-Diplome ihrer Kinder eingerahmt an der Wohnzimmerwand hängen. Auch ihre Uni-Diplome – die, für die sie sich abgerackert hatten, weil die Töchter des Pizzeria-Ehepaars viel mehr erreichen und viel stolzer sein sollten als ihre bescheidenen Wurzeln. Sie hatten keine andere Wahl. Es war eine Frage des Familienstolzes.

Caras Eltern waren begeistert, als sie erfuhren, dass sie den Sohn einer dieser blaublütigen, amerikanischen Familien mit nach Hause bringen würde, die ihre Abstammung bis zur Mayflower zurückverfolgen konnte. Als wäre das der Beweis dafür, dass der Leoni-Clan es in Amerika geschafft hatte. Aber sie hatten damit gerechnet, dass Tobin eher wie sein Bruder Sebastian wäre – der gute Sohn, der all die richtigen Schulen besuchte, den richtigen Job bekam und ein Leben wie aus dem Bilderbuch führte.

Aber Tobin war der andere Bruder. Der, der von den richtigen Schulen verwiesen wurde. Der, der den falschen Job bekam, denn welcher Mann, der bei klarem Verstand war, nutzte seinen Dartmouth-Abschluss, den er sich irgendwie erarbeitet hatte – denn ja, trotz allem war diese angesehene Universität verrückt genug gewesen, ihn zum Studium zuzulassen – nur dafür, um Skilehrer zu werden?

So wie Caras Eltern es sahen, hatte Tobin beruflich nichts Besseres erreicht als eine ganzjährige Bräune. Sie verstanden nicht, was es für eine Leistung war, in einer Familie wie der seinen sein eigenes Drehbuch zu schreiben.

Aber Cara hatte es. Sie verstand es. Sie hatte ihn sogar dafür geliebt. Zumindest dachte er das.

Aber dann war alles mit einem einzigen Fehltritt zusammengebrochen und die einzige Frau, die ihn glauben ließ, dass er eines Tages vielleicht mit dem Mainstream Schritt halten könnte, hatte ihn eiskalt abserviert.

Aber Caras Job war ihr Leben, ihr ganzer Stolz. Er konnte nicht einfach zusehen, wie sie ihn verlor.

„Na dann lass uns dich hier rausholen."

Sie warf die Hände in die Luft. „Es geht nicht. Sie lassen mich nicht. Sie schlagen die Zeit bis Freitag tot, dessen bin ich mir sicher."

Er blinzelte sie an. „Wann ist diese Präsentation?"

„Freitagnachmittag um drei."

„Warum hat sich da noch niemand von deiner Firma auf den Weg gemacht, um dich hier rauszuholen?" Wenn er der Chef dieser verdammten Firma wäre, würde er Cara einen ganzen Suchtrupp hinterherschicken.

Sie runzelte die Stirn. „Es ist mir lediglich gelungen, eine kurze Nachricht an die Vermittlungsstelle zu schicken. Und wenn Enrique sie zuerst abhört... "

„Enrique?"

„Mein Kollege, der sich um die ersten Schritte hier gekümmert hat. Er war wütend, als die Firma mich für die Endverhandlungen auswählte, und nicht ihn."

„Wütend genug, um das Geschäft zu vermasseln? Um dir Steine in den Weg zu legen?"

Sie neigte den Kopf und dachte nach. „Ich glaube nicht, dass er mir aktiv in die Quere kommen würde, aber er würde eine günstige Gelegenheit wahrscheinlich ergreifen, wenn sie sich ihm bietet. Er bräuchte die Nachricht nur zu löschen. Vielleicht etwas anderes weitergeben, wie "Cara hat angerufen und sie ist bald zurück.„ Wenn ich dann nicht zu dem Treffen erscheine, stehe ich wie eine Idiotin dar. Die Firma verliert die Ausschreibung, feuert mich und *presto* – Enrique bekommt meinen Job."

Tobin blinzelte durch das schmale Fenster hinaus auf den kleinen Weiler. „Das verstehe ich nicht. Warum sollte dieses Dorf dich hier gefangen halten? Was kümmert es sie, wer den Zuschlag erhält?"

Sie zuckte mit den Schultern. „Ich nehme an, DigiOne hat dem Dorf ein besseres Angebot gemacht als TeleCel."

„Kannst du sie nicht überbieten?"

„Nicht von hier aus. Ich sitze hier fest. Kein Telefon. Keine Mitfahrgelegenheit."

Sie blinzelte ihn an, während fünf stille Sekunden verstrichen.

Er wollte gerade sagen, dass sie ihn hatte und er hatte Lucy – mit klapprigen Zündkerzen und allem Drum und Dran –, als es an der Tür klopfte.

„*Señorita Leoni?*", rief jemand.

„*Señora Leoni*", knurrte Tobin zurück. Sie sollte doch schließlich seine Frau sein, nicht wahr? Das machte sie zu einer *Señora*. „Komm schon, Schatz." Er säuselte ihr mit seiner besten Pseudo-Ehemann-Stimme ins Ohr. „Lass uns einen Spaziergang machen."

„Einen Spaziergang?"

Er senkte seine Stimme auf ein konspiratives Niveau und zwinkerte ihr zu. „Einen Erkundungsspaziergang. Ich bin nämlich hier, um dich aus diesem Gefängnis zu befreien."

Kapitel 6

Cara öffnete einem äußerst misstrauischen Rodrigo die Tür.

„Señorita…", fing er an, aber Tobin knurrte, so dass Rodrigo sich korrigierte. *„Señora*, Sie haben uns gar nicht erzählt, dass Sie Ihren Ehemann erwarten."

Fast-Ehemann, wollte sie sagen und *Ich habe ihn auch nicht erwartet.*

Stattdessen hob sie ihr Kinn ganz leicht, genauso wie ihre Eltern es ihr beigebracht hatten. Es war alles eine Frage des Stolzes. Und manchmal bedeutete das, Kleinigkeiten wie Herzrasen und tobende Nerven zu überspielen, die ihr das Wiedersehen mit Tobin beschert hatte.

Sie ging mit Tobin im Schlepptau zur Tür hinaus und versuchte, wie eine Frau zu wirken, die wusste, was sie wollte.

Aber sie wusste es nicht. Bis zu dem Moment, als Tobin aufgetaucht war, war alles klar gewesen. Sie wollte nur aus diesem Dorf verschwinden, und zwar pronto. Sie musste zurück in ihr Büro eilen und eine erstklassige Präsentation zusammenstellen, die die Investoren von den Hockern reißen würde, damit sie ihrer Firma den Zuschlag erteilten. Dann könnte sie sich auf das nächste Projekt konzentrieren und dann auf das nächste und auf das nächste. Sie könnte sich in einer Luftblase aus Arbeit und Arbeit und noch mehr Arbeit verkriechen. Sie würde die Karriereleiter höher und höher hinaufklettern. Das war ihre Mission im Leben.

Zumindest war es so, bis sie Tobin vor all diesen Jahren kennengelernt hatte. Er hatte ihr viel mehr beigebracht als nur das Skifahren. Er hatte ihr beigebracht, wie man lebte, liebte und so sehr lachte, bis man sich schüttelte. Er hatte ihr beigebracht, dass Zeit mehr wert war als Geld. Dass Liebe über

Nacht erblühen und ein Leben lang halten kann. Dass die Frau, die niemanden brauchte, vielleicht gerade ihn brauchte.

„Warum sollte sie ihren Ehemann erwähnen?" Tobin warf Rodrigo einen bösen Blick zu. „Würden Sie denn auch erwarten, dass ein Mann, der auf einer Geschäftsreise hierherkommt, gleich von seiner Frau erzählt?"

Tausend Bonuspunkte erschienen auf dem Punktekonto, das Cara Tobin gedanklich zugeteilt hatte.

Rodrigo, der nie etwas anderes als durchtrieben aussah, wirkte plötzlich entschuldigend. „Nein, nein! Ich meine… Was machen Sie beruflich, *Señor Leoni*?"

„Ich bin Fotograf", antwortete Tobin, ohne sich die Mühe zu machen, den Nachnamen zu seinem eigenen zu korrigieren. Noch mehr Bonuspunkte.

„Wo ist Ihre Kamera?"

Sie spürte, wie Tobin sich neben ihr versteifte – natürlich spürte sie es, denn er hatte seinen Arm um ihre Schultern geschlungen und ihren Körper eng an seinen gezogen –, aber äußerlich ließ er sich nichts anmerken.

„Ich bin im Urlaub. Meine Frau beschwert sich gern, dass ich zu viel arbeite."

Cara bemühte sich, ein ernstes Gesicht zu behalten, denn sie erkannte den Insiderwitz. Zu viel zu arbeiten, war wahrscheinlich das Einzige, was ihm noch nie jemand vorgeworfen hatte. Weder seine Eltern, noch ihre Eltern, noch irgendeiner der Freunde, die sie einst zusammen hatten.

Sie runzelte die Stirn. Tobin machte es schon wieder – er redete sich selbst schlecht, indem er ihre abfälligen Bemerkungen nachplapperte. Aber das war nicht fair. Sie hatte mit eigenen Augen gesehen, wie er nach Zwölfstundenschichten auf der Piste hundemüde und durchgefroren nach Hause kam. Sie hatte gesehen, wie er ein Lächeln aufsetzte und *sicher* zu den kleinen Kindern sagte, die um eine weitere Abfahrt mit ihrem Lieblingslehrer bettelten. Sie hatte gesehen, wie er nächtelang aufblieb, um in letzter Minute Änderungen an den Surf-Safari-Plänen für launische Kunden vorzunehmen. Was machte es schon, ob sein Büro an einem Berghang oder an einem Strand lag? Der Mann arbeitete hart.

Und er war auch ein Spieler. Das war das Problem. Wo immer Tobin hinging, folgten auch ein paar Dutzend bewundernde Groupies. An den Wochenenden, an denen sie an Präsentationen oder Berichten feilte, vergnügte er sich mit Kunden auf der Piste. Soweit sie es wusste, hatte er sich die ganze Küste hinunter auf *Señoritas* eingelassen.

Wie aufs Stichwort meldeten sich ein Dutzend kritischer Stimmen in ihrem Kopf.

Ein Kerl wie er ist zu beliebt für sein eigenes Wohl. Wie kann man ihm jemals vertrauen?

Er wird es nie zu etwas bringen. Warum sucht er sich keinen richtigen Job?

Sie schüttelte über sich selbst den Kopf. Die Vergangenheit lag in der Vergangenheit. Sie hatte einen Job zu erledigen.

„Und was machen Sie in Ihrem Urlaub?", drängte Rodrigo weiter.

„Ich habe überlegt, ein paar Tage hierzubleiben", sagte Tobin und sie hätte fast aufgeschrien. „Den Regenwald genießen. Den Wasserfall besuchen."

Was wollte Tobin mit einem Wasserfall? Sie musste hier weg, und zwar sofort!

Rodrigo strahlte. „Ja, Sie können bleiben. Besuchen Sie den Wasserfall, sprechen Sie mit meinem Volk. Lernen Sie unsere Sitten kennen. Es ist eine faszinierende Kultur. Eine kleine, aber wichtige."

„Darf ich einen Lendenschurz tragen?"

Tobin scherzte, aber das hielt sie nicht davon ab, einen kleinen Hitzestoß in ihrem Körper zu spüren. Tobin im Lendenschurz ... vorne ein kleiner Stofflappen, hinten zwei nackte Pobacken, knackig und rund. Eine wahre Augenweide.

Rodrigo kam auf sein Lieblingsthema zu sprechen: einen Weg zu finden, der seinem Stamm half, sich in die moderne Zeit zu bewegen und gleichzeitig die traditionelle Lebensweise zu bewahren. In der kurzen Zeit, die Cara in Panama verbracht hatte, hatte sie viel über indigene Organisationen gehört, die für die Rechte und Vertretung der Stämme kämpften. Rodrigo schien ein echter Vorkämpfer in dieser Sache zu sein und sie bewunderte dies – bis auf den Teil, dass er sie als Geisel festhielt. Sie ließ ihren Blick durch das Dorf schweifen. Was hätten sie davon – oder auch nicht –, wenn TeleCel den Zuschlag für den Sendemast erhielt?

„*Señorita! Señorita!*" Eine Schar von Dorfkindern zog sie weg, um ihr eine Art Spiel mit Stöcken und Blättern zu zeigen. Unglaublich wie kreativ Kinder ohne Videospiele und Fernsehen sein konnten.

Sie bemerkte nicht, dass sie mit der rechten Hand immer noch Tobins umklammerte – ganz fest –, bis die Kinder sie wegzogen. Sie spürte ein kleines Ziehen und drehte sich zu ihm um. Er schaute ihr ganz fest in die Augen, so als wären der Regenwald und das Dorf verschwunden und als gäbe es nur noch sie. Er hatte dieses schiefe Grinsen aufgesetzt, das halb bewundernd und halb listig wirkte.

Dann zogen die Kinder wieder an ihr. Noch lange, nachdem sie ihm entglitten waren, zappelten Caras Finger weiter und wünschten sich seine Hand zurück.

Kapitel 7

Tobin beobachtete, wie ein paar Mädchen vorbeikamen und Cara in etwas verwickelten, das sich wie eine Art Wortspiel anhörte. Sie zeigten auf etwas, sagten ein Wort und warteten darauf, dass sie es wiederholte. Dann brachen sie in Gekicher aus und zeigten auf etwas Neues. Die Sprache der Eingeborenen war nicht wie Spanisch. Sie war voller harter Laute und kehliger Rufe, und selbst Cara schien Schwierigkeiten zu haben, die Klänge nachzuahmen. Das Beste war, ihr dabei zuzusehen, wie sie die fremden Silben mit den Lippen formte und lachte, während sich die Kinder um sie herum vor Begeisterung krümmten.

Cara. Einer dieser Menschen, der von innen und außen wunderschön war. Tatsächlich von jeder Seite.

Jemand erschien an Tobins Ellbogen. Rodrigo. Schon wieder.

„Ihre Frau, was? Ich sehe keinen Ring."

Tobin rieb mit dem Daumen über den Finger, an dem vor langer Zeit sein Verlobungsring gesteckt hatte. „Wir haben sie zu Hause gelassen. Wir wollten nicht, dass etwas so Wertvolles gestohlen wird, während wir auf Reisen sind."

Rodrigo beobachtete ihn wie eine Schlange. „Sind Sie schon lange verheiratet?"

„Noch nicht lange", flüsterte Tobin. „Überhaupt nicht lange." Als ihm bewusst wurde, dass ein paar viel zu stille Sekunden verstrichen waren und Rodrigo ihn immer noch beobachtete, räusperte er sich laut und starrte Rodrigo an. Er dachte, *Meine. Ich verlasse sie nicht. Niemals.* Er hielt es so lange durch, bis Rodrigo seinen Blick zu Boden senkte und mit der Spitze seines nackten Zehs durch den Dreck zu graben begann.

So war es schon besser.

„Wenn Sie meiner Ehefrau etwas zuleide tun, Mann... “, knurrte er und ließ die Drohung ins Leere verlaufen. Das war auch nicht gespielt, abgesehen vielleicht vom Teil mit der *Ehefrau.*

Rodrigo riss schnell die Hände hoch. „Niemand wird Ihrer Frau hier etwas tun. “

Warum wurde ihm eigentlich so warm ums Herz, wenn man Cara als seine Frau bezeichnete? Vielleicht, weil es so hatte sein sollen. So wie sie zusammengehörten.

Nur dass es leider nicht ganz so funktioniert hatte.

„Das will ich Ihnen geraten haben“, schoss Tobin zurück, obwohl er es sich schon gedacht hatte. Aber das Dorf hatte irgendeine versteckte Absicht, so viel war sicher.

Er musterte Rodrigo. Sein drahtiger Körper und die kupferfarbene Haut waren genau wie die der anderen Dorfbewohner. Aber sein perfektes Englisch und seine stahlgerahmte Brille verrieten, dass er die Außenwelt besucht hatte. Der Neffe des Häuptlings – war es nicht das, was Cara gesagt hatte? Wenn jemand wusste, was hinter der Fassade des Sendemastgeschäfts vor sich ging, dann war es Rodrigo.

„Rodrigo, waren Sie schon einmal in den USA?“

Rodrigo antwortete mit einem halben Lächeln, das Stolz oder Abscheu hätte ausdrücken können. „Sicher. Vier Jahre an der UC Berkeley, zwei an der Georgetown Universität in Washington DC. “

Warum überraschte ihn das jetzt nicht? „Dann kennen Sie wahrscheinlich die Eagles. Die Band, meine ich. “

„Sicher. “

„Dann sagen Sie mir, was es mit dieser *Hotel California*-Situation auf sich hat, die Sie hier veranstalten. Sie wissen schon: "You can check out any time you like, but you can never leave„. Kommt Ihnen das bekannt vor? “

Rodrigo setzte sein bestes Pokergesicht auf, aber das konnte Tobin nicht täuschen.

„Ich nehme an, Sie wollen nicht, dass dieses Telekommunikationsgeschäft zustande kommt“, fragte Tobin schließlich.

Rodrigo kniff die Augen zusammen, als er überlegte, wie viel er preisgeben sollte.

„Der Sendemast wird kommen", sagte er schließlich. „Die Regierung hat es bereits beschlossen." Er runzelte die Stirn. „Das ist eine Schlacht, die ich nicht gewinnen kann. Aber wir können beeinflussen, wer den Zuschlag erhält. Das kleinere von zwei Übeln."

Damit war Caras Konkurrent, DigiOne, gemeint, entschied Tobin. „Wie viel zahlen sie Ihnen, damit sie dieses Treffen verpasst?"

Rodrigo starrte noch ein wenig länger und nickte dann, als hätte er beschlossen, dass die Wahrheit nicht schaden würde. „Genug für ein neues Dach", sagte er leise und deutete auf ein Gebäude mit offener Seite. Ein paar Kinderstimmen drangen heraus und sangen ein spanisches Alphabet-Lied für Cara. Das behelfsmäßige Dorfschulhaus.

Verdammt.

Tobin betrachtete die krummen Balken und das Strohdach und trat dann in den Dreck. Nur Cara schaffte es, über einen Rebellen zu stolpern, der für eine gute Sache kämpfte. Kein Wunder, dass sie darauf bestanden, dass sie blieb.

„Und Tische und Stühle. Im Moment sitzen die Kinder auf dem Boden." Rodrigos Augen funkelten jetzt mit einer Vision. So sehr, dass auch Tobin sie sehen konnte. Geordnete Reihen von Tischen und Stühlen mit einem Dutzend Kinder, die sangen und lachten und lernten. „Und eine Weltkarte an der Wand", fügte Rodrigo hinzu, „damit sie stolz darauf sein können, woher sie kommen, aber auch lernen, was dort draußen ist. Damit sie wählen können, und zwar weise."

Tobin konnte sich ein Nicken nicht verkneifen. Vielleicht würde auch er eine Frau als Geisel halten, wenn es für seine Heimatstadt so etwas bedeuten würde.

„Ich wette, ihre Firma würde Ihnen das gleiche Angebot machen, Rodrigo. Vielleicht würden sie es überbieten."

Das Gesicht des Mannes verfinsterte sich. „Diese Männer sind alte Ziegenböcke. Sie respektieren unsere Sitten nicht. Wissen Sie, was Sie uns angeboten haben? Eine neue Straße. Wozu brauchen wir eine neue Straße?"

Tobin hätte ein ganzes Dutzend guter Gründe aufzählen können. Man musste nicht mehr zu Fuß wandern. Kein Schlamm und Dreck mehr. Schnellere Anbindung…

„Uns gefällt es, so wie es ist", sagte Rodrigo. „Diese schlechte Straße ist wie… unser eigener Burggraben. Sie schützt uns vor der Außenwelt. Vor Männern, denen Geld wichtiger ist als ihre Seele. Vor Holzfällern, Bergleuten und Schmugglern. Die Drogenhändler sind schon schlimm genug." Er schüttelte den Kopf. „Nein. Geld für die Schule ist viel besser als eine Straße."

Caras Firma wäre wahrscheinlich genauso bereit, die Schule zu reparieren, wie eine Straße zu bauen oder dem Dorf alles andere zu geben, was es wollte. Aber es war ziemlich klar, dass sie Rodrigo verärgert hatten. Jetzt hatte er einen Entschluss gefasst. Er würde alles Nötige tun, um dafür zu sorgen, dass DigiOne die Rechte am Sendemast erhielt. Das Dorf würde seine Schule bekommen. Cara würde ihren Job verlieren. Tobin würde… Moment, was hatte er eigentlich zu gewinnen oder zu verlieren?

Das Alphabet-Lied erreichte einen hohen Ton und Caras süße Stimme erhob sich über den Rest.

Er konnte es nicht ganz in Worte fassen, aber ja. Auch für ihn stand etwas auf dem Spiel. Auch wenn er nicht ganz sicher war, wie viel er sich erhoffen durfte. Aber er würde verdammt sein, wenn er seine Chance auf … auf was auch immer es war, das in seinem Bauch verrücktspielte, aufgeben würde. Nicht ohne einen Kampf.

Kapitel 8

Die Sonne ging in den Tropen schneller unter, aber es überraschte Tobin trotzdem. Die Stadt am Strand, in der er die letzten Wochen verbracht hatte, befand sich in demselben kleinen Land, aber Tucumba hätte genauso gut auf einem anderen Planeten sein können. Er war an das Rauschen der Wellen auf dem Sand und die Explosion von Rot-, Orange- und Rosatönen am endlosen Horizont gewöhnt. Im Dschungel war es, als hätte Gott einen Schalter umgelegt und alles im Blickfeld gedimmt.

Die Sicht verblasste, bis er nur noch die groben Umrisse der Regenwaldbaumkronen über sich erkennen konnte. Gleichzeitig drang ein Summen an seine Ohren, das im Gegensatz zum Licht zunahm. Wenn der Dschungel tagsüber ein belebtes Dorf war, so war er nachts eine Partystadt, in der jedes Lebewesen zum Konzert beitrug. Es gab Rufe von oben, Pfiffe in Ohrhöhe und Scharren unter den Füßen. Es gab Gezwitscher und Kratzgeräusche, die er nicht zuordnen konnte, und sogar leises Knurren, das die Bewohner dazu brachte, sich enger um ihre kleinen Feuer zu drängen.

Sie brachten auch Cara dazu, sich näher an ihn zu kuscheln, was dazu führte, dass alle möglichen Körperteile von ihm mitfeiern wollten. Gott. Wie hatte er nur so lange ohne sie leben können?

Eine zahnlose, alte Frau forderte sie auf, sich getrennt durch einen umgestürzten Baumstamm einander gegenüber in den Dreck zu setzen und ihre Unterarme nach vorn auszustrecken. Sie zückte einen ausgehöhlten Flaschenkürbis, der mit etwas gefüllt war, und fing an, es mit einem Stock wie mit einem Bleistift in seine Haut zu ritzen.

„Autsch!" Tobin versuchte, seinen Arm zurückzuziehen, aber die Frau war erstaunlich stark.

Cara kicherte nur. „Das ist Jagua. Ein Fruchtextrakt. Es hält die Moskitos fern."

„Funktioniert es?" Er zog eine Grimasse, als die Frau ein kompliziertes Muster aus schwarzen Linien in seine Haut ätzte.

„Ich schätze, wir werden sehen." Die Art, wie Cara das sagte, deutete auf etwas anderes hin.

Er begegnete ihrem Blick und schaute ihr eine lange Zeit in die Augen, während der Rest der Welt – der kreischende Dschungel, das Kratzen auf seiner Haut, das pickende Huhn neben seinem Fuß – alles verblasste. Weit weg, bis es nur noch ihn und seine Prinzessin gab und eine ganze Menge Pheromone, die die Luft erfüllten. Die Art, bei der sie in seiner Vorstellung direkt in ihre Hütte zurückkehren würden.

Gerade als es so aussah, als würde Cara ihre Vorsicht vergessen, spürte er, wie sie sich wieder versteifte. Er folgte ihrem eisigen Blick über die Lichtung zu einem Mann, der gerade in Sichtweite gekommen war.

„Wer ist das?"

Sie rollte mit den Augen. „Jean-Philippe Lefebvre. Irgendein Anthropologen-Typ. Er ist von Außenstehenden nicht sonderlich angetan."

Das war ziemlich offensichtlich, als der Mann wie ein angreifender Stier auf sie zustürmte. Er war drahtig und groß und wirkte sogar noch größer, als er näherkam. Tobin kämpfte gegen den Drang an, aufzuspringen und seine eigene Größe sprechen zu lassen. Stattdessen rief er ihm ein lässiges „Hola" entgegen.

„Wer sind Sie?" Der Mann starrte ihn aus blutunterlaufenen Augen an. „Was wollen Sie hier?"

Cara, hätte er fast gesagt, aber er schluckte es hinunter. Das war im Moment nicht der Punkt. „Tobin Cooper. Freut mich, Sie kennenzulernen."

Der Mann schaute ihn angewidert an. Gott, was für ein Arschloch.

Aus der Ferne hätte der Mann als Einheimischer durchgehen können, aber aus der Nähe betrachtet, verrieten ihn sein ausländischer Akzent und das graubraune Haar. Der Geruch von Gras haftete seinem drahtigen Körper und dem stark gezeichneten Gesicht an.

„Lassen Sie mich raten", fuhr Tobin fort. „Sie sind Franzose."

„Belgier", spie der Mann zurück. „Und Sie? Amerikaner?" Er sagte das wie einen Fluch.

„Ja genau. Freut mich, Sie kennenzulernen, Jean-Claude."

Jetzt starrte er ihn an, als wollte er ihn mit seinem Blick töten. „Jean-Philippe."

Wie auch immer.

Der Mann schnaufte und stapfte davon und sogar die alte Frau, die Tobins Arme bemalte, verdrehte die Augen.

„Was ist denn sein Problem?"

„Ich. Du. Wir." Cara zuckte mit den Schultern. „Er spricht kaum mit mir. Als würde ich nicht existieren."

Schwachkopf. Welch ein Mann würde eine Frau wie Cara ignorieren?

„Er ist eine Art Experte für indigene Sprachen und Kulturen", fuhr Cara fort.

Ein Experte für Halluzinogene aus dem Dschungel wäre Tobins Vermutung gewesen, aber er hielt den Mund.

„Angeblich hat er ein Buch geschrieben."

Tobin zuckte mit den Schultern. „Jeder Idiot kann ein Buch schreiben."

„Lefebvre behandelt das Dorf wie sein eigenes privates Revier. So als wäre jeder Außenstehende eine Bedrohung für sein kleines Reich."

„Mir scheint es eher so, als hätte er ein wenig zu lange Tarzan gespielt."

„Und ein bisschen zu viel vom einheimischen Gras mit in seine Shisha gemischt", fügte Cara kopfschüttelnd hinzu. „Aber egal. Leben und leben lassen."

Tobin beobachtete, wie Lefebvre zu Rodrigo trabte. Die wütenden Gesten, die er in ihre Richtung machte, deuteten kaum auf *Leben und leben lassen* hin. Wohl eher wie *Trete ihnen in den Arsch.*

Aber Rodrigo wollte Cara natürlich nicht gehen lassen. So wie es aussah, hatte Rodrigo gewonnen, denn Lefebvre drehte sich um und stapfte davon.

Offenbar gab es auch in kleinen Dschungeldörfern Rivalitäten und Intrigen. Es hätte Tobin vielleicht zum Lachen gebracht, wenn Cara nicht mittendrin gesteckt hätte.

Die alte Frau beendete das Bemalen seiner Arme mit einem zufriedenen Geräusch und scheuchte sie zu einer der halb offenen Hütten hinüber. Sie setzten sich auf ein Holzscheit an einem winzigen Lagerfeuer und aßen zu Abend. Ein Dutzend kleiner Kinder schaute ihnen dabei zu, so als sei dies ihre Lieblingssitcom im Fernsehen – die mit der lustigen Gringa, die nicht wusste, wie man mit den Fingern isst. Tobin war Cara in dieser Hinsicht auf jeden Fall überlegen.

Lefebvre schaute im Schatten finster drein, während Rodrigo und ein alter Mann, bei dem es sich um den Häuptling des Dorfes handeln musste, still auf der anderen Seite aßen.

Tobin war sich bei Lefebvre selbst nicht sicher, aber die Dorfbewohner wollten Cara nichts anhaben. Diesbezüglich glaubte er Rodrigo. Dafür war das Lächeln der Dorfbewohner zu echt, ihr geduldiges Nicken zu nachsichtig. Sie schienen sich zu freuen, teilen zu können, was sie hatten, und füllten nicht nur Caras Teller, sondern auch seinen mit einer großen Mahlzeit – mit was genau, konnte er jedoch nicht sagen. Reis und eine Beilage aus Fleisch, dass zäh und wie Wildfleisch schmeckte.

„Schmeckt wie Hühnchen", verkündete er zu niemand Speziellem.

„Ja, aber ist es das?", flüsterte Cara.

„Willst du das wirklich wissen?" Er hatte zuvor ein paar Kinder Frösche fangen sehen und ein Schlangenkadaver – ein großer – hing an einem der Schuppen.

Cara schüttelte den Kopf.

„Hast du die ganze Woche schon so gegessen?"

„Ja." Sie klopfte mit den Fingerknöcheln gegen den Baumstamm. „Klopf auf Holz, ich bin nicht krank geworden. Noch nicht." Dann streckte sie ihr Kinn in die Richtung der kleinen, alten Frau, die im Reistopf rührte. „Aber sie waren wirklich nett. Sie haben mir zu essen gegeben, mir gezeigt, wie sie Körbe flechten, einfach alles. Das Einzige, was sie mir nicht erlauben, ist zu gehen."

„Aha, aber morgen ist ein neuer Tag."

Er brauchte nicht hinzusehen, um zu wissen, dass sie ihm einen misstrauischen Blick zuwarf. „Tobin, was machst du hier?"

Dieselbe Frage, die er sich auch stellte. Was machte er hier, außer dass er einen Steifen bekam, nur weil er neben seiner italienischen Prinzessin saß. Wollte er sie aus diesem Dorf rausholen oder nicht? Ein paar weitere Tage im Regenwald passten ihr vielleicht nicht, ihm aber schon. Bis Sonntag – dem Tag, an dem sie versprochen hatten, Cara freizulassen – waren es noch vier Tage. Und vier Tage mit Cara waren mehr, als er jemals für möglich gehalten hätte. Vier Tage, um sich jeden Teil von ihr für immer einzuprägen. Ihren Duft. Ihre Stimme. Ihr Lachen, wenn er es ihr entlocken konnte. Vier Tage, die er damit verbringen würde, seinen Kopf mit jedem Eindruck zu füllen, den er in sein Gedächtnis stopfen konnte, bevor sie ein für alle Mal aus seinem Leben verschwand.

Verlockend. Sehr verlockend.

Aber das wäre nicht richtig, und er wusste es. Er musste sich an den Plan halten und Cara hier rausholen. Vielleicht konnte er so ein wenig abschließen. Danach könnte er einen einsamen Monat am Strand verbringen, dann wieder nach Hause fahren und... Was tun?

Cara schien, wie immer, seine Gedanken zu lesen. „Also, was machst du eigentlich in Panama?"

Abgesehen davon, sie zu retten und ein paar nette Wellen zu surfen? Nein, das hatte sie nicht gefragt, und er wusste es.

„Mein Großvater ist im letzten Winter gestorben", sagte er, hielt dann aber inne, als Cara eine Hand auf seine legte und ihn mit ihren weit aufgerissenen und aufrichtigen, rabenschwarzen Augen ansah.

„Oh, Tobin. Er war so ein lieber Mann."

Sein Herz zog sich ein wenig zusammen, so wie es das immer tat, wenn er an den einzigen Menschen dachte, der jemals wirklich an ihn geglaubt hatte. „Ja, er war der Beste."

Eine Minute lang saßen die beiden schweigend da.

„Er hat uns sein Boot hinterlassen", begann Tobin wieder.

Caras Augen weiteten sich und er wäre fast darin ertrunken, als er hineinschaute. „Die *Serendipity*?" Sie sagte es mit einem ehrfürchtigen Flüstern.

„Ja, die *Serendipity*. Er hat in seinem Testament gesagt, er wolle, dass wir – alle seine Enkelkinder – eine Zeit lang auf dem Boot unterwegs sind. Er wollte, dass wir uns daran erinnern, was wichtig ist. Familie. Erinnerungen. All das." Er unterbrach sich schnell und winkte mit einer Hand durch die Luft, falls es zu sentimental klingen sollte. „Also sind Seb und ich hierher gesegelt... "

„Du und dein Bruder seid mit diesem kleinen Boot den ganzen Weg von Boston in die Karibik gesegelt?" Ihre Kinnlade klappte auf.

Er fügte das zu seinen Erinnerungen hinzu. Wie gut es sich anfühlte, jemanden zu beeindrucken. Nun, Cara zu beeindrucken.

„Ja. Und weißt du was? Drei Monate und wir haben es geschafft, uns nicht gegenseitig umzubringen, auf ein Riff aufzulaufen oder uns zu verirren." *Oder erschossen oder verhaftet zu werden*, fügte ein Teil seines Verstandes hinzu, obwohl sie ziemlich nah dran gewesen waren. „Tatsächlich war es eine schöne Zeit." *Eine verdammt schöne Zeit*, hätte er fast gesagt. Nur er und sein Bruder, die sich wieder neu kennengelernt hatten.

„Wow. Und wo ist Seb jetzt? Wo ist das Boot?"

Er grinste, als er nur daran dachte. „Seb ging es noch nie besser. Er ist mit seiner Freundin Julie immer noch auf dem Boot."

Ihre Augenbrauen schossen in die Höhe. „Seb hat Zeit für etwas anderes als für seinen Job gefunden?"

Tobin warf ihr einen Blick zu, der sagte, *Das musst du gerade sagen.*

Sie ignorierte ihn. „Wie ernst ist es mit dieser Freundin?"

„Nun ja, er schaut sie an, als wäre er die Erde und sie die Sonne." Dann stockte er, denn so war es mit ihm und Cara auch gewesen. Himmel, so war es immer noch, auch wenn sie ihn den ganzen Weg bis hinter Neptun weggestoßen hatte.

Und doch, in einer Nacht wie dieser, wenn das Feuer knisterte und die Grillen zirpten, konnte er so tun, als sei alles wieder in Ordnung.

Er schluckte ein wenig und fuhr fort. „Julie ist großartig. Sie hat die Piratenseite in ihm herausgelockt."

Cara lachte. „Seb hat eine Piratenseite?"

Wenn sie nur von einigen ihrer Eskapaden in Belize wüsste. Wenn er nur Zeit hätte, ihr ein paar der Geschichten zu erzählen, die sie verpasst hatte. In sechs Jahren gab es verdammt viel zu erzählen, aber sie hatten nur ein paar Tage Zeit.

Er kaute das letzte Stück Reis hinunter und tat so, als müsste er deshalb so heftig schlucken.

„Du solltest den Kerl mal sehen. Barfuß, ohne Uhr, kein Handy. Sie segeln gerade nach Bonaire, um das Boot zu Meredith und Mia zu bringen. Sie sind als Nächstes dran."

„Jeder kommt mal auf das Boot?"

„Ja. Jedes Geschwisterpaar. Das hat Opa so gewollt, also machen wir das auch so."

„Cool", flüsterte sie und starrte in die Flammen.

Auch er starrte und zwischen den Funken des Feuers sah er ein Bild der *Serendipity*, die durch die Wellen schnitt. Mit Cara am Steuer und ihm an den Leinen, wie sie beide in eine gemeinsame Zukunft segelten.

Er presste die Lippen zusammen. Nun ja, wenigstens hatte sein Bruder sein Happy End bekommen.

Kapitel 9

Während es eine Geduldsprobe gewesen war, für fünf Tage im Dorf festzusitzen, so war es für Cara eine Tugendprobe, auch nur fünf Minuten lang mit Tobin in einem winzigen, romantischen Bungalow zu verbringen. Vor allem nach den kryptischen Bemerkungen, die Tobin gemacht hatte, als Rodrigo fragte, was sie am nächsten Tag besichtigen wollten.

Besichtigen? Sie hätte schreien können.

Aber Tobin grinste nur. „Ich bin mir nicht sicher." Er hatte den Arm um sie gelegt, als wäre sie wirklich seine Frau, und wählte genau diesen Moment, um Rodrigo eines dieser Von-Mann-zu-Mann Zwinkern zu schenken. „Wir werden heute Nacht darüber schlafen müssen."

Werden wir das?

Und da stand er nun zwei Schritte von ihr entfernt in der Enge der winzigen Hütte und schaute sie *genauso* an. So wie er es an den Abenden getan hatte, an denen das Zubettgehen nicht bedeutete, dass sie schlafen würden.

Es war die Hölle. Die knisternde, sündige Seite der Hölle. Tobin schien jede Waffe aus seinem Arsenal zu holen und sie vor ihren Augen zu polieren. Das gewinnende Lächeln, das ihm ein Grübchen auf die linke Wange zauberte. Den tief brummenden Bariton und die versehentlichen Berührungen, die ihren Körper in Brand setzten. Dieser Mann war die Versuchung pur in Dschungelkleidung.

Und dann fing er an, sich auszuziehen.

„Hey!", kreischte sie. „Was machst du denn da?"

Seine Augen funkelten, als er aufblickte und seinen Hosenstall aufknöpfte. „Was denn?" Seine Stimme war die pure

49

Unschuld verpackt in reinster Verführung. „Ich schlafe immer nackt. Das weißt du doch."

Gott, musste er mit dieser sexy Augenbraue wackeln?

„Aber das hier ist anders", beharrte sie und befahl ihren Brustwarzen, sich locker zu machen.

„Inwiefern anders?" Er schob seine kakifarbene Hose hinunter und machte eine Show daraus, sie über die Knöchel auszuziehen. Übrig blieb nur der köstliche Anblick seiner blauen Boxershorts. Boxershorts, die ein nettes, strammes Paket beherbergten. Er hakte seine Daumen unter das Bündchen.

Sie warf ihm einen vernichtenden Blick zu. *Das würdest du nicht wagen.*

Seine Augen lachten und sagten, *Dann schau mal her.*

Und er tat es und sie schaute. Und als er die Boxershorts ganz ausgezogen hatte, schlenderte er zu dem altmodischen Waschtisch in der Ecke des Zimmers hinüber, stand splitternackt da und putzte sich die Zähne.

Er hatte immer noch diesen perfekten Arsch und die wunderbar schlanke Taille, die in seine breite Brust überging. Muskulöse Schultern und einen durchtrainierten Rücken. In diesem Moment huschten seine Augen im Spiegel zu ihr und sie beeilte sich, ihren Blick abzuwenden.

Beim Starren erwischt. Verdammt. Aber wie sollte sie es auch lassen? Selbst mit einer Zahnbürste im Mund sah er immer noch umwerfend aus. Wenn sie ihre Kamera gehabt hätte, hätten die Fotos eine Werbekampagne für jedes beliebige Produkt starten können. Zahnpasta. Aftershave. Hochwertige Allradantriebfahrzeuge. Frauen würden in Scharen herbeiströmen, um zu kaufen, was auch immer er anbot. Männer auch, wenn auch nur in der Hoffnung, dass ein wenig von Tobins Magie auf sie überspränge. Denn es war nicht nur sein Aussehen. Es war das Funkeln, die Lebendigkeit, die es ausmachte.

Und in diesem Moment verkaufte er gar nichts. Er war nur der gute, alte Tobin, der lächelte.

Splitterfasernackt.

Er drehte sich um und deutete mit der Zahnbürste auf sie. „Willst du sie benutzen?"

Es erinnerte sie in vielerlei Hinsicht an ihren ersten gemeinsamen Morgen. Zu viele Erinnerungen. Gute. Heiße. Und auch sanfte, wie damals, als er mit dem Finger über ihre Augenbraue strich und sie ansah, als wäre er einer Art Göttin der Nacht begegnet, anstatt der einfachen, alten Cara.

„Sicher", quietschte sie und kämpfte darum, ihren Blick auf seinem Gesicht zu halten.

Sein Arm berührte ihre Schulter, als er an ihr vorbeiging.

Ihr Herzschlag schnellte in die Höhe und blieb dann oben. Sie starrte in den Spiegel und beobachtete im Spiegelbild, wie er das Moskitonetz anhob und ins Bett schlüpfte. Ein Doppelbett, in dem eine Person gut und zwei Personen kuschelig schlafen konnten. Er machte sich auch nicht die Mühe, das Laken über sich zu ziehen – er lag einfach nur mit hinter dem Kopf verschränkten Händen da. Sein Schwanz ragte in der frühen Aufwärmphase der Erregung in die Richtung seiner rechten Hüfte.

Sie zögerte und zog es in die Länge, aber die Mücken gewannen schließlich die Oberhand. Sie ließ ihre Shorts fallen, aber nicht ihr Höschen, zog sich den BH unter ihrem T-Shirt aus und kroch unter das Netz. Ins Bett. Mit Tobin.

Mein Gott. Wie war es nur dazu gekommen?

Er ergriff das Wort, bevor sie mit ihrer Rede über seine Seite, ihre Seite und die Tabuzone dazwischen beginnen konnte.

„Also, warst du schon einmal verheiratet?"

Sie schlug ihm auf den Arm. „Tobin! Wir sind nicht verheiratet!"

„Doch, im Moment schon." Sie konnte das Grinsen in seiner Stimme hören. „Irgendwie gefällt es mir."

„Ein rein geschäftliche Vereinbarung." Gott, sie klang so schnippisch.

Es herrschte eine lange Stille, in der sie nicht sagen konnte, ob er wütend, enttäuscht oder amüsiert war. Sie wagte nicht, ihn anzusehen, obwohl ihr Körper jegliche Fühler nach anderen Hinweisen ausstreckte.

„Aha, geschäftlich", murmelte er schließlich.

Es gab eine Zeit, in der sie hinter die Maske blicken konnte, die Tobin vor seiner Seele aufbaute. Doch heute Abend war er wie ein Fremder.

Zumindest in ihrem Kopf. Ihr Körper sehnte sich danach, an seinen Lieblingsplatz zu rutschen, mit dem Kinn zwischen den flachen Brustmuskeln und einem Bein, das sie über seinen Oberschenkel schlang. So, wie sie in tausend glücklichen Nächten eingeschlafen war, vor so langer Zeit.

Sie seufzte und es klang in diesem kleinen Raum viel zu laut.

„Müde?"

„Erschöpft", log sie. Sie würde kein Auge zutun, wenn sie neben ihm lag.

„Dann träume süß", flüsterte er leise und verführrerisch. „Ich weiß, dass ich es tun werde."

„Mach endlich das Licht aus. Und bleib auf deiner Seite. Ich meine es ernst."

Das Bettlaken raschelte leise neckend. „Kein Gute Nacht-Kuss?"

Definitiv nicht. „Gute Nacht."

„Gute Nacht, *mi Marida.*"

Fast hätte sie ihn korrigiert. *Gute Nacht, mi Mujer.* Meine Frau. Aber sie konnte sich gerade noch rechtzeitig fangen. Sie war nicht seine Frau und er war nicht ihr Mann.

Sie lag da und lauschte auf die Mücken, die nach einer Lücke im Moskitonetz suchten. Sie lauschte auf seinen Atem. Sie wünschte sich, er würde die Grenzlinie zwischen ihnen überschreiten und das Feuer in ihr hoch auflodern lassen.

Die Zeit zog sich in die Länge. Minuten wurden zu Stunden. Sekunden schleppten sich mühsam dem Nichts entgegen, bis Tobin schnaufte, auf sein Kissen schlug und die Taschenlampe anknipste.

Sie setzte sich auf und zog das Laken bis zum Kinn hoch. „Was machst du denn jetzt?"

Er lenkte das Licht an einen Fleck an der Wand. „Nun, ich könnte mir ein paar Zentimeter neben deiner köstlichen Hüfte einen runterholen oder ich kann versuchen, mich abzulenken.

Ist es dir lieber, wenn ich mir einen runterhole?" Er erhob die Stimme hoffnungsvoll.

„Ich ziehe es vor, wenn du das nicht tust", schaffte sie zu sagen, auch wenn diese Vorstellung die Steinzeitfrau in ihr weckte. Gedanken, wie sie ihre Hand über die seine legte und ihm half, die Spannung abzubauen. Wie sie ihre Beine über seiner Taille spreizte und...

„Bietest du deine Hilfe an?" Seine Stimme war tief und heiser.

„Ganz sicher nicht."

„Dachte ich auch nicht." Er seufzte. „Also Ablenkung. Hier ist ein Spiel. Siehst du die Wand dort drüben?" Die Taschenlampe leuchtete wie ein Scheinwerfer durch das vorhangartige Netz.

„Ähm, ja?"

„Siehst du den Gecko?" Er zeigte mit der Taschenlampe darauf und ja, da war ein Gecko, der mit seinen kleinen Saugnapffüßen reglos an der Wand klebte. Irgendwie niedlich, aber seine huschenden Schritte hatten sie in den letzten Nächten wachgehalten.

Sie nickte und wünschte, Tobin würde die Taschenlampe stattdessen auf sich selbst richten. Zum Beispiel auf seine Bauchmuskeln. Sie könnte sich das Muster der Rillen ansehen und ihr eigenes Spiel erfinden.

Herzloser Mann, wie er war, knipste er das Licht aus und begann zu zählen. „Eins, zwei, drei..." Er tippte mit den Fingern auf das Laken. „... neun ... zehn. Okay, und jetzt rate, in welche Richtung der Gecko sich bewegt hat. Norden, Süden, Westen oder Osten?"

„Süden?"

Er knipste das Licht an und da war der Gecko zwei Schritte östlich von der Stelle, an der er eben noch geklebt hatte.

„Mein Punkt", sagte Tobin.

Nur ein Mann konnte einen Wettbewerb aus der Beobachtung von Reptilien machen. Aber hey, sie wäre dabei, besonders wenn es sie von seinen Bauchmuskeln ablenkte. Und von anderen Körperteilen. „Noch mal."

Er schaltete das Licht aus und zählte von eins bis zehn. „Rate noch mal?"

„Norden", sagte sie und jubelte eine Sekunde später, als das Licht wieder anging. „Mein Punkt!"

„Unentschieden also." Er schaltete das Licht aus und dieses Mal zählte sie.

Nach zwei weiteren Runden hatte Tobin zwei Punkte Vorsprung und gluckste. „Weißt du, was passiert, wenn ich drei Punkte Vorsprung habe?"

„Dann ist das Spiel vorbei?"

„Nicht, bevor ich meinen Preis bekomme."

„Deinen Preis?" Ihr Herz klopfte wie wild.

„Einen Kuss", flüsterte er. Das Wort hing in der Luft, als er die Taschenlampe ausknipste.

Die offensichtliche Antwort wäre gewesen, einfach zu schnaufen, sich zur gegenüberliegenden Wand umzudrehen und dieses dumme Spiel zu beenden. Aber wozu trieb sie ihr impulsives, italienisches Herz?

„Eins…" Sie fing an zu zählen und es wurde eine Herausforderung. „Zwei…"

„Drei." In seiner Stimme lag ein Lächeln. „Vier…"

Ihr Herz pochte bis zum zehnten Schlag und dann noch zwei weitere. Er quälte sie. „Und jetzt rate", forderte er sie auf.

Bis jetzt war der Gecko zweimal nach Norden, einmal nach Osten und einmal nach Westen vorgedrungen, aber nie nach Süden.

„Süden", platzte das Luder in ihr heraus, bevor das liebe Mädchen protestieren konnte.

Er gluckste und schaltete das Licht an. „Norden. Du schuldest mir einen Kuss."

Ein Teil von ihr vollführte einen verrückten Siegestanz und der andere Teil stöhnte auf. Was hatte sie sich nur dabei gedacht?

„Komm schon, fair ist fair." Er drehte sich um und spitzte die Lippen.

„Tobin! Ich werde diese Lippen nicht küssen! Du siehst aus wie eine Zeichentrickfigur."

Er ließ ein breites Lächeln aufblitzen, genau wie in alten Zeiten, als sie gespielt und geredet hatten und sich nicht um Dinge wie Vertrauen kümmerten, weil es ihnen nie in den Sinn gekommen wäre, dass es etwas anderes gäbe. So sehr, dass etwas in ihr *klick* machte und sie sich vorbeugte, um ihm seinen Preis zu geben.

Für den Bruchteil einer Sekunde sah sie, wie Tobins Grinsen zu Überraschung verblasste, und dann gab es nur noch den Kuss. Die Weichheit seiner Lippen und die leichte Berührung seiner Hand, die über ihren Rücken strich. Seine Wärme und der Geschmack von etwas so unglaublich Gutem, dass sie mehr brauchte.

Sein Mund passte genau auf ihren und der Geschmack war wie der eines Ortes, wo die Berge auf das Meer treffen. Sie ließ ihre Zunge über seine Lippen gleiten und tauchte dann ein. Alles in ihr brüllte. Er glitt mit der Hand über ihre Taille und sie schmiegte sich, angetrieben von einer aufsteigenden Welle des Verlangens, näher an ihn. Es war, als hätten sie nie aufgehört. Als wäre alles, was eine Seele zum Wohlbefinden brauchte, in diesem einen Kuss. Wärme und Ehrlichkeit und eine fürsorgliche Berührung, die...

Irgendetwas flatterte auf dem Dach und zirpte, so dass Cara scharf einatmete und zurückwich. Oh Gott. War sie das, die ihm Mund-zu-Mund-Beatmung gab?

Sie war es. Und sie wollte mehr. Sehr viel mehr. Sofort.

Aber zwischen diesem Kuss und dem letzten lagen sechs lange Jahre und plötzlich bekam sie kalte Füße.

Seine Augen blitzten und seine Lippen zuckten, aber er sagte nichts. Er schloss seine großen Hände um ihre Rippen und wartete.

„Tobin, wir müssen reden."

Seine Augenwinkel lachten nicht mehr. „Wir haben schon genug geredet."

„Ich meine über damals. Darüber, was passiert ist."

Und *puff*, die kleine magische Seifenblase, die sich um sie herum gebildet hatte, zerplatzte. Der Regenwald war wieder da und alle seine Bewohner schüttelten enttäuscht den Kopf.

Am liebsten hätte sie die Worte zurückgenommen und etwas anderes gesagt – oder besser noch, etwas anderes getan, zum Beispiel in einen weiteren Kuss zu sinken. Aber es war zu spät. Die Stille, die sich ausbreitete, dauerte ewig und zog und zerrte an ihr, bis sie sich am liebsten unter dem Laken versteckt hätte.

Als Tobin wieder sprach, war seine Stimme tief und heiser. „Also gut. Lass uns reden." Er holte tief Luft und erschreckte sie dann, indem er sagte: „Ich habe diese Frau in jener Nacht nicht angefasst."

Kapitel 10

„Ich weiß", flüsterte Cara.

„Du weißt es?"

Sie nickte in Richtung Decke, weil sie ihm nicht in die Augen sehen konnte. „Dein Bruder und Meredith haben es mir erzählt."

Je leiser er wurde, desto lauter schlug ihr Herz.

„Sie haben es dir erzählt." Er sagte dies mit einem beängstigenden Mangel an Betonung.

Sie nickte und erinnerte sich an das schreckliche Gefühl, als sie es getan hatten. Das Gefühl, dass alle Hoffnung aus ihr schwand. Sie war entsetzt gewesen, wie schnell sie die falschen Schlüsse gezogen hatte.

„Sie haben dir gesagt, dass der einzige Grund, warum ich diesen blöden Junggesellenabschied mit diesem Mädchen verlassen habe, der war, sie sicher nach Hause zu bringen", fuhr er fort.

Jeder Muskel in ihrem Körper war steif und sie nickte unmerklich mit dem Kinn. „Sie sagten, dass zwei betrunkene Kerle versuchten, die Frau wer weiß wohin zu bringen. Dass sie auch betrunken und kaum noch bei Bewusstsein war. Wenn du nicht dazwischen gegangen wärst, hätte alles Mögliche passieren können."

Die Luft zwischen ihnen bewegte sich, als er den Kopf schüttelte. „Dieses Mädchen war kaum alt genug, um überhaupt Alkohol zu trinken, wenn überhaupt."

Wenn sie doch nur gleich die ganze Geschichte gehört hätte. Aber alles, was sie erfahren hatte, war, dass Tobin ein betrunkenes Mädchen in ihre Wohnung begleitet hatte und darin verschwunden war.

„Kaum war ich in ihrer Wohnung, hat sie sich übergeben", murmelte er. „Weißt du, wie lange ich gebraucht habe, um mich zu säubern? Um sie so weit zu reinigen, dass sie nicht daran ersticken würde?"

Lange genug, um es nach etwas ganz anderem aussehen zu lassen. Sie schloss angesichts der vertrauten Welle der Scham die Augen. Gott, wenn sie doch nur nicht so voreilige Schlüsse gezogen hätte wie alle anderen.

„Das ist alles, was ich getan habe." Er hatte die Hand nicht auf sein Herz gedrückt, aber das brauchte er auch nicht zu tun. Der Knacks in seiner Stimme war Versprechen genug.

„Ich weiß", sagte sie, aber man konnte es über das Zirpen der Grillen draußen kaum hören.

Meredith und Seb hatten eine Woche gebraucht, um das Mädchen, ihre Mitbewohnerin und den Nachbarn ausfindig zu machen. Und dann weitere zwei Wochen, um die Geschichte richtigzustellen. Jeder Tag davon war eine Ewigkeit voller Tränen und Schmerz gewesen. Und dann kam die Scham.

Tobin drehte sich zu ihr um. Er stützte den Kopf auf eine Hand und seinen Ellbogen auf die Matratze, so dass sie seinem Blick nicht ausweichen konnte. „Wenn du es weißt, warum bist du dann immer noch wütend auf mich?"

Sie wollte aufspringen und darauf bestehen, dass sie nicht wütend war, aber sie war es. Sie war wütend auf ihn, weil er sie so einfach hatte gehen lassen. Wütend auf sich selbst, weil sie dumm genug gewesen war, zu glauben, dass er sie jemals verletzen würde. Ein Fehler, der alles ruinierte, und obwohl es nicht seine Schuld war, war er derjenige, der den Schaden hatte tragen müssen. Nein, dieses Mal hat er sie nicht betrogen, flüsterten die Leute, aber eines Tages würde er es wahrscheinlich tun. Tobin war ein Partylöwe, kein Mann, dem sie vertrauen konnte.

Als sie schließlich die Wahrheit erfuhr, war Tobin bereits weg. Weit weg – auf einem Surf Trip nach Australien, wo er der Gerüchteküche nach jede Nacht mit einem anderen Surfer-Mädchen schlief. Ein so attraktiver Mann würde nicht lange einsam sein. Nicht auf einer Skipiste, nicht an einem Strand, nicht am anderen Ende der Welt.

Jeder Muskel in ihrem Körper hatte danach geschrien, ihm zu folgen und ihn zurück nach Hause zu schleppen. Aber dann hatte sie doch keinen Flug gebucht.

Wo ist denn dein Stolz, Mädchen? Die Worte ihrer Schwester waren wie ein Schlag ins Gesicht.

Verdammter Stolz. Das und der furchtbare, nagende Zweifel. Auch wenn er sie dieses Mal nicht betrogen hatte, würde er es eines Tages vielleicht doch tun. Für Tobin war das Leben ein Spiel, also warum sollte er nicht auch mit ihr spielen?

Einem Mann wie ihm kann man nicht vertrauen, hatte ihre Mutter gesagt.

Warum kannst du nicht jemanden wie seinen Bruder finden? hatte ihr Vater hinzugefügt.

Ihre Augen brannten salzig und sie lag steif wie ein Klotz da und versuchte, alles in sich hineinzufressen.

Sie wollte seinen Bruder nicht. Sie wollte keinen der langweiligen, verklemmten Männer, mit denen sie im Laufe der Jahre ausgegangen war. Sie wollte ihn.

Tief in ihrem Herzen wollte sie ihn immer noch.

„Vielleicht war es auch gut so." Tobin zuckte mit den Schultern und ließ sich wieder auf den Rücken sinken. Er versuchte, es leichtfertig klingen zu lassen, aber sie konnte die Niederlage in seinen Worten hören. „Wenn du bereit warst, zu glauben, dass ich an jemand anderem interessiert bin, dann waren wir vielleicht noch nicht bereit zu heiraten."

Gott, die Wahrheit tat weh.

„Dein Vater hatte Recht", fügte er hinzu und als sie ihn ansah, erkannte sie, dass das Gesicht, das sonst nur Freude ausstrahlte, plötzlich von Traurigkeit gezeichnet war.

Ihr Vater hatte ihn einen nichtsnutzigen Penner und noch viele andere Dinge genannt, bevor er anfing, Stühle zu werfen, um Tobin zu vertreiben.

Tobin, der sie nie im Stich gelassen hatte. Der es nie getan hätte.

Und hier war der Beweis. Von allen Menschen auf der Welt, die ihr hätten zu Hilfe kommen können, lag ausgerechnet Tobin neben ihr hier im Dschungel und versprach, einen Ausweg zu finden.

Er wandte sich ab und sie konnte nur noch die harte Rückseite seines Rückens sehen. Als er sprach, war es ein ersticktes Flüstern.

„Gute Nacht, Cara."

Kapitel 11

Cara machte kein Auge zu. In den vergangenen Nächten hatte der ungewohnte Dschungellärm sie wachgehalten. Aber jetzt war es noch schlimmer, und so als hätten die Regenwaldbewohner jeweils eines ihrer Gefühle aufgegriffen. Die eindringlichen Rufe einer Eule spiegelten ihr Bedauern wider. Der widerhallende Gesang der Grille verstärkte ihre Scham. Und die süßen Rufe der Singvögel verkörperten alles, was sie hätte haben können, aber verloren hatte.

Tobin war schrecklich still auf seiner Seite des Bettes. Aber wie es für den großen Kerl typisch war, begrüßte er den nächsten Morgen frisch, munter und strahlend wie immer. Er streckte sich, lächelte und rutschte unter dem Moskitonetz hinaus, um sich Wasser ins Gesicht zu spritzen.

„Morgen", rief er, als wüsste er, dass es der schönste Tag der Welt werden würde. Der Mann wachte immer auf diese Weise auf. „Ich muss pinkeln!"

Immer bereit – mit einem Lächeln und einem lustigen Spruch. Das war Tobin.

Er zog seine Shorts an und ging zur Tür hinaus, wo er sofort von einer Schar kichernder Kinder abgefangen wurde.

„Morgen!", rief er. „*Buenos días*, für dich und dich und dich."

Sein Fanklub brach in fröhliches Gelächter aus. Typisch Tobin. Er verbreitete Freude und Glück, wo immer er auftauchte.

Vielleicht konnte sie ein wenig von ihm lernen.

Cara streckte sich unter dem Laken und betrachtete das Strohdach. Dann runzelte sie die Stirn. Was war das, was da auf ihr Bein drückte?

Sie hob den Kopf, um nachzusehen … und wurde fast ohnmächtig.

Zwei glänzende Knopfaugen beobachteten sie genau und eine gespaltene Zunge schoss heraus.

Jeder Muskel in ihren Körper zuckte und sie kämpfte gegen den Instinkt an, zu fliehen. Der Kopf war abgeflacht und teuflisch, die Augen schwarz. Glitzernde Schuppen zierten einen Körper so dick wie ihr Arm. Ein Rautenmuster flimmerte und verschwamm, als sie sich auf die Augen konzentrierte. *Oh mein Gott. Oh mein Gott, oh mein Gott...*

Die Schlange hob den Kopf und schien eindeutig so etwas wie *Mittagessen, Mittagessen, Mittagessen* zu denken.

Wenn sie ihr das Laken über den Kopf werfen würde, würde sie dann trotzdem beißen? Würde das Gift durch das Bettzeug dringen? Würde sie einen furchtbar langsamen und schmerzhaften Tod sterben?

Ein Schatten verdunkelte die Tür und Tobin tänzelte wieder herein. „Raus aus den Federn, Prinzessin." Er ging zum Waschbecken und fing an, sich die Zähne zu putzen.

Tobin! schrie sie innerlich.

Er fing an, „Bare Necessities" aus dem *Dschungelbuch* zu summen.

Tobin! Ihre Lippen formten seinen Namen, aber es kam kein Ton heraus. Es war wie in ihrer Kindheit, als sie sich Monster in den Schatten vorstellte und nach ihrer Mutter rief – leise, so dass die Monster sie nicht hören konnten.

Aber diese Schlange war kein Trick ihrer Fantasie. Sie hatte genügend Bilder in ihren Reiseführern gesehen, um eine der giftigsten Schlangen Amerikas zu erkennen: eine Terciopelo-Lanzenotter.

„Tobin!" Ein winziges Krächzen kam heraus und die Schlange bewegte sich mit einem ekelerregenden Kriechen gelber Schuppen über ihr Bein hinweg. Der Kopf schwebte über ihrer Hüfte und die Augen verließen ihr Gesicht nie.

Ruf ihn doch, forderten diese Augen sie auf. *Rufe ihn und ich werde dich beißen.*

„Wie hast du geschlafen..." Tobin drehte sich um und erstarrte. „Oha."

Oha stimmte. Sie starrte dem Tod ins Auge.

Tobin stocherte mit der Zahnbürste in der Luft herum. „Ich bin gleich wieder da."

Er stürzte zur Tür hinaus und sie hätte am liebsten geschrien: *Verlass mich nicht! Nicht jetzt!*

Niemals! wimmerte ein anderer Teil von ihr.

Tobin wühlte draußen herum, raschelte und fluchte, aber sie sah nichts als zwei winzige Nasenschlitze und Reptilienaugen.

„Okay." Tobin stand in der Tür und hielt etwas Langes und Silbriges in der Hand. Eine Machete? Wollte er die Schlange zu Tode hacken – auf ihrem Körper?

„Tobin!", quietschte sie.

Er zuckte mit dem Handgelenk und drehte die Klinge hierhin und dahin und versuchte, einen passenden Winkel zu finden. „Ähm... Okay, also..."

„Tobin!", kreischte sie nun.

Und einfach so ging Tobin von Unentschlossenheit zu rasanter Aktion über. Er zog das Moskitonetz langsam hoch. Dann beschleunigten sich seine Bewegungen so sehr, dass sie regelrecht verschwammen. Metall blitzte auf und das kühle, flache Gleiten von Stahl glitt an ihrem Bein entlang. Tobin schleuderte die Schlange nach hinten und stürzte sich mit erhobener Machete auf sie. Er ließ sie auf den Hüttenboden fallen – außer Sichtweite – und es gab einen dumpfen Schlag. Er riss die Klinge blutig hoch, bevor sie erneut auf den Boden krachte. *Zack! Zack!*

Inzwischen stand sie hinter Tobin, schrie und hüpfte von einem Bein auf das andere, als würde der Boden vor Skorpionen wimmeln. Und wer wusste es schon? Vielleicht wäre das ja das Nächste.

Tobin stand vor ihr und fletschte praktisch die Zähne. Eine Minute verging, bevor er die Machete wieder hob.

„Möchte jemand Frühstück?"

Seine Stimme klang scherzend, aber die Umarmung, in die er sie eine Sekunde später zog, war ernst. Todernst.

„Großer Gott." Sie schloss die Augen vor dem Chaos. „Ich muss hier raus."

Er streichelte mit seiner breiten Hand über ihr Haar und presste seine Lippen auf ihre Stirn. Dieser Mann war Stahl und Watte zugleich, all die harten Muskeln bildeten einen Kontrast zu seiner weichen, beruhigenden Berührung.

„Ich werde dich hier rausholen, Cara. Ich schwöre es. "

Und zum ersten Mal seit Tagen – vielleicht sogar seit Jahren – hatte sie das Gefühl, dass irgendwie alles gut werden könnte.

Sie wartete auf die witzige Bemerkung, die Tobin doch sicher machen würde. Auf die Stichelei. Irgendetwas über Schlangen, Bisse und Sex vielleicht. Oder etwas über Prinzessinnen, die im Dschungel festsaßen, worauf er eines seiner herzerweichenden Lächeln folgen lassen würde.

Aber er tat es nicht. Er schaute sie lange und eindringlich an, so als läge ihm diese ganze Rede auf der Zunge, aber als würde er nur darauf warten, den Mut aufzubringen, sie herauszulassen.

Doch die Worte kamen nicht. Er schloss kurz die Augen, erlaubte ihr sich anzuziehen und scheuchte sie dann leise zur Tür hinaus.

Vielleicht war er nicht mehr derselbe alte Tobin wie früher. Dieser hier war ein wenig älter, ein wenig weiser. Und auch ein wenig stiller.

Er kam schweigend heraus und die Schlange hing über seiner Machete.

Seine Machete.

Heilige Scheiße.

Er schleuderte den Kadaver in die Büsche und kam dann zu ihr zurück. „Siehst du? " Er schob ein paar Blätter zur Seite und bahnte ihr einen Weg. „Die Luft ist rein. "

Dieser Mann war ein Prinz.

Niemand im Dorf schien beim Anblick der Schlange auch nur mit der Wimper zu zucken. Ein Mann jedoch saß auf einem Baumstumpf auf der anderen Seite der Lichtung und beobachtete sie genau. Lefebvre. Er sah aus, als hätte er darauf gewartet, dass sie herauskamen – oder darauf, dass sie nie herauskamen. War das ein enttäuschter Gesichtsausdruck oder nur seine übliche Verachtung?

„*Señora! Señor!*" Eine Frau winkte sie zum Frühstück herüber. So war es jeden Morgen: Ohne viel Aufsehen lächelte und winkte jemand und bot ihr einen Teller an. Oftmals wetteiferten sogar mehrere Leute um die Ehre, sie zu bewirten.

Aber Frühstück, in einem solchen Moment?

Tobin stürzte sich natürlich sofort darauf.

Cara stapfte auf dem Boden herum, um die lauernden Schlangen zu verscheuchen, bevor sie sich setzte und einen Teller mit gebratenen Kochbananen entgegennahm.

„Wenn ein paar von diesen Leuten in deiner Heimatstadt auftauchten, glaubst du, jemand würde ihnen eine warme Mahlzeit anbieten?", überlegte Tobin zwischen seinen Bissen.

Sie schnaubte. Die Dorfbewohner hatten ihr eine Menge Dinge beigebracht. Nicht nur, wie man Körbe flechtet und welche Pflanzen – und Schlangen – man meiden sollte. Nein, Dinge wie Großzügigkeit, Offenherzigkeit, Nachbarschaftlichkeit.

Aber andererseits hielten sie sie ja auch gefangen.

Sie schüttelte den Kopf und wusste nicht, was sie glauben sollte. „Soweit wir es wissen, könnten sie die Schlange in unsere Hütte eingeschleust haben."

„Nein." Tobin schob sich eine weitere Kochbanane in den Mund. Völlig entspannt, als würde er jeden Morgen damit beginnen, Giftschlangen zu töten und mit bloßen Fingern zu essen. „Ich glaube, sie kam durch das Dach herein."

Als würde sie sich dadurch besser fühlen.

„Das, oder er hat es getan." Tobin senkte die Stimme und schaute mit zusammengekniffenen Augen zu Lefebvre, der zurück starrte.

Cara wollte nicht glauben, dass der Anthropologe so weit gehen würde, aber dennoch...

Tobin trat in den Dreck und setzte dann wieder ein Lächeln auf.

„Köstlich!", verkündete er und alle Damen gackerten begeistert.

Rodrigo tauchte nach der Hälfte von Tobins dritter Portion auf. Er trug ein grünes T-Shirt, auf dem das Bild eines Bulldozers in einem Kreis mit einer roten Linie durchgestrichen war. „Ich werde einen Führer organisieren, damit Sie sich den Wasserfall ansehen können.“

Cara wollte stöhnen. Das Letzte, was sie wollte, war eine Dschungelwanderung. Sie wollte hier raus, jetzt mehr denn je.

„Großartig!“, sagte Tobin. „Ich kann es kaum erwarten, die Vögel zu sehen.“

„Sie mögen Vögel?“ Rodrigo sah erfreut aus.

Cara zog eine Augenbraue hoch. Seit wann mochte Tobin Vögel?

„Na klar, ich bin ein Amateur-Ornitho…“ Entweder stolperte er über das Wort oder er machte sich einfach einen Spaß. „Ornitho… Libido… so oder so…“

Sie zog die Augenbrauen hoch. „Ein Ornithologe?“

Er schob sich noch eine Banane in den Mund und zeigt mit einem Blick auf sie, der sagte, *Bingo!*

Rodrigo deutete bergauf, aber Tobin schüttelte den Kopf.

„Nicht zum oberen Ende des Wasserfalls.“ Er deutete nach unten in die Richtung des Tals mit der Brücke. Den Weg hinaus. „Zum Fuße.“ Er sagte es so beiläufig, dass sie wusste, dass etwas im Busch war.

Rodrigo musterte Tobin so, wie man eine schlafende Anakonda studieren würde.

„Warum zum Fuße?“

Ja, wollte sie nachhaken, *warum zum Fuße?*

„Ich habe in Honduras einen Wasserfall gesehen, von dem die Leute sagen, er sei der schönste in ganz Mittelamerika. Als ich den hier gestern entdeckt habe, dachte ich, er könnte dem anderen Konkurrenz machen. Natürlich müsste ich ihn von unten sehen, um sicher zu sein.“

Rodrigo schaute entrüstet. „Unser Wasserfall ist der schönste. Die Leute kommen aus der ganzen Welt, um ihn zu sehen.“

„Deshalb möchte ich ihn gern mit eigenen Augen sehen. Von unten.“

Was war das für eine Besessenheit mit dem Fuße des Wasserfalls?

„Es ist sehr weit“, warnte Rodrigo.

„Ich liebe es, zu wandern“, versicherte Tobin ihm.

Seit wann das denn?

„Und ich liebe Schmetterlinge.“

„Ich dachte, Sie hätten gesagt, Sie mögen Vögel.“

Sie konnte sehen, wie seine Gedanken rasten. „Ich mag Vögel. Aber Schmetterlinge sind meine wahre Leidenschaft.“ Es gelang diesem Mann sogar, das mit einem ernsten Gesicht zu sagen. „Und sie sind jetzt am aktivsten, also müssen wir los.“

Tobin mochte Schmetterlinge ungefähr genauso sehr wie die Opernmusik, die ihr Vater immer hörte.

„Es ist viel näher, die Spitze zu besuchen“, warnte Rodrigo.

„Wie nah?“

„Nur etwa eine Stunde.“

Tobin nickte. „Das kommt auf unsere Liste für morgen. Heute wollen wir die Aussicht von unten bewundern.“

„Von unten.“ Rodrigo musterte Tobins Pokergesicht.

„Von unten kann man die Höhe eines Wasserfalls am besten einschätzen. Aber egal.“ Tobin winkte mit der Hand ab, als wäre es ihm einerlei. „Ich bin mir ziemlich sicher, dass der Wasserfall in Honduras sowieso schöner ist.“

Rodrigo schlich sich auf der Suche nach einem Führer davon.

Sie näherte sich Tobin. „Eine Wanderung? Und morgen noch eine?“

Er nickte und sah lächerlich zufrieden mit sich selbst aus.

„Morgen ist Freitag“, sagte sie. „Und die Präsentation ist um drei. Ich muss hier raus. Ich dachte, du wärst hergekommen, um mich zu retten.“

Tobin rückte näher. Und näher. Zum Küssen nah. Das war nicht gut, denn ein glücklicher, selbstbewusster Tobin brachte ihre Entschlossenheit ins Wanken. Genau wie an dem Tag, als sie ihm auf der Skipiste begegnet war: in dem Moment, als sie ihn sah, war ihr von Kopf bis Fuß heiß geworden. Und das nicht nur wegen seines Aussehens. Es war mehr als das, als hätte ihre Seele bereits gewusst, dass er der einzige Mann für sie wäre. Sie hatte den ganzen Tag gegen die Anziehungskraft angekämpft, nur um noch in derselben Nacht mit ihm im Bett zu landen. Und sie hatte jede Minute genossen.

Sie blinzelte ein paarmal, denn der Gedanke an heiße Nächte mit Tobin war nicht gerade förderlich für ihre Sache.

„Wo ist denn dein Sinn für Abenteuer?"

Wenn er sie so angrinste, hätte sie sich wie Tarzan durch die Bäume schwingen können, um zu ihm zu gelangen und sich direkt in einen riesigen Kuss zu stürzen.

„Tobin, warum bist du wirklich hier?"

Er beugte sich so nah zu ihr, dass sie dachte, er würde sie küssen. „Ich bin gekommen, weil du angeblich in Schwierigkeiten steckst."

Sie spürte seinen sanften Atem an ihrer Wange und roch diesen einzigartigen Tobin-Duft, der sie irgendwie immer an Schnaps erinnerte: fruchtig, aber knallhart. Die Art von Duft, die es nicht in einer Flasche gab, sondern nur an ihm.

„Ich *stecke* in Schwierigkeiten."

„Ich meine, in großen Schwierigkeiten. Tödliche Gefahr. Fräulein in Not." Er ließ ein gewinnendes Lächeln aufblitzen und sie glaubte ihm fast. Dieses Lächeln war Tobins Waffe und seine Schwäche zugleich, denn die meisten Menschen konnten nicht über die schiere Leuchtkraft dieses Lächelns hinaus in seine darunterliegende Seele sehen.

Aber sie sah es und ihr Herz setzte einen Schlag aus. Hinter dem Lächeln war es ihm ernst. Todernst. Er machte sich Sorgen – um sie. Seine Augen sagten, dass er sich für sie durch ein Guerillalager gekämpft hätte. Dass er mit einem Fallschirm über einem ausbrechenden Vulkan abgesprungen wäre. Diese Augen versprachen, dass er niemals zulassen würde, dass ihr etwas zustieß. Er würde sie immer beschützen.

Vor allem, außer vor ihrer eigenen Dummheit.

Sie senkte ihr Kinn vor Scham, aber er hob es mit einem Finger wieder an. „Hör zu, ich werde dich hier rausholen. Bald. Aber im Moment tun wir so, als wären wir hier, um das langsame Leben zu genießen. Also spielen wir mit den Kindern und besuchen den Wasserfall. Wir werden an den Rosen schnuppern oder was auch immer das für riesige gelbe Blumen sind." Er deutete nach oben. „Und die ganze Zeit über werden wir nach einem Weg suchen, hier herauszukommen."

Sie warf einen Blick in Lefebvres Richtung und verbarg einen Schauer.

„Aber wie? Jedes Mal, wenn ich mich mehr als hundert Meter entferne, treiben sie mich wieder zurück. Immer höflich, nie mit Gewalt", fügte sie hinzu, denn er kniff die Augen zusammen, als würde sie gerade seinen verborgenen Drachen entfesseln. „Aber egal, was ich versuche, ich stecke hier fest."

Er streckte die Hand aus, um ihr eine Haarsträhne hinter das Ohr zu streichen, und ließ seine Finger viel länger als nötig dort verharren. Dann zuckte er leicht und ging von traurig zu verschmitzt mit einem schelmischen Zwinkern über. „Ich denke, der Wasserfall ist ein guter Ort, um mit der Vogelbeobachtung zu beginnen, meinst du nicht auch?"

Kapitel 12

Mit drei Einheimischen, von denen jeder ein Blasrohr und ein Bündel Pfeile bei sich trug, machten sie sich auf den Weg durch den dichten Regenwald.

Führer, nannte Rodrigo sie. Ein Codewort für *Wächter*.

„Sind diese Dinger wirklich vergiftet?", murmelte Tobin aus dem Mundwinkel.

Cara nickte. „Ich habe gesehen, wie sie es machen. Sie kauern sich zusammen und sind ganz vorsichtig. Sie stellen sicher, dass die Kinder nicht in die Nähe kommen. Ich habe auch schon gesehen, dass es funktioniert."

„Ja, das habe ich auch – in einer dieser Fernsehdokumentationen, die ich mir auf Wunsch meiner Eltern anschauen musste." Er grinste. „Aber es ist irgendwie cool, sie in echt zu sehen, solange sie nicht auf mich gerichtet sind."

Einer der Männer blieb stehen, ging in die Hocke und zielt mit seinem Blasrohr ins Blätterwerk. Ein dumpfes Geräusch ertönte und etwas flatterte im Geäst, als die Beute fiel. Einer der Jungen huschte vom Weg ab und kann mit einem Vogel zurück. Mausetot.

„Ich schätze, jetzt ist nicht der richtige Zeitpunkt, um abzuhauen", murmelte Tobin.

Sie schüttelte den Kopf. Selbst wenn sie den Pfeilen ausweichen konnten, würden sie es niemals über die Brücke mit den mit Maschinengewehren bewaffneten Männern schaffen. Sie hatten einen Blick vom Rand einer Klippe werfen können, aber nur ganz kurz, bevor der Weg weiter nach Osten, flussabwärts und weg von der Brücke führte.

Nein, Flucht stand für sie heute nicht auf dem Programm. Würde es jemals?

Also fand sie sich damit ab, zu spazieren und auf den geheimen Plan zu warten, den Tobin schmiedete.

Doch auch wenn sie den Freitag im Hinterkopf hatte, war Cara zu sehr abgelenkt, um an eine Flucht zu denken, während sich die Wanderung in die Länge zog – abgelenkt von Tobin, um genau zu sein. Dass ihr Berggott von einem Skilehrer sich in einen Strandtyp verwandeln und Surfstunden geben konnte – direkt aus den Fantasien einer Frau entsprungen –, wusste sie bereits. Aber jetzt hatte er auch noch diesen Indiana Jones-Look drauf. Er schwang seine Machete, trug die Tasche über der Schulter und sein Hemd klebte an seinem Rücken und betonte jede Muskelpartie.

Gut, dass die Dschungelbewohner aus vollem Halse schrien; das überdeckte den kehligen Seufzer, den sie ausstieß. Von blaugelben Laubfröschen über regenbogenfarbene Aras bis hin zu getarnten Insekten war alles dabei. Sie quakten, pfiffen und sangen aus vollster Stimme um Cara herum und füllten acht Stockwerke Regenwald mit Klatsch und Tratsch. Ein Brüllaffe knurrte wie ein Löwe und ein Faultier hing kopfüber an einem Ast.

„Das ist genau mein Typ", witzelte Tobin.

Hör auf damit! wollte sie schreien. *Hör auf, Leute denken zu lassen, dass du so bist!*

Tobin schlenderte weiter und schaute sich dabei um, als wollte er keinen Quadratzentimeter verpassen. Als würde er es *genießen*, Gefangener der gastfreundlichsten Geiselnehmer der Welt zu sein. Ihre innere Kamera schoss Bilder und klickte, während sie in Gedanken eine passende Überschrift dazukritzelte. *Ein Mann, der weiß, wie man lebt.*

Sie folgte seinem Blick nach links, rechts, oben und unten. Der Regenwald war gefährlich, aber auch wunderschön – nicht nur in seiner Größe, sondern auch in den mikroskopisch kleinen Details. Baumwurzeln, die dicker als ihre Taille waren, ragten drei Meter aus dem Boden und bildeten verschlungene Knotenmuster. Miniaturautobahnen voll von Ameisen überquerten den Weg und schenkten menschlichen Eindringlingen keine Beachtung. Der Dschungel pulsierte mit Leben, wie der Herzschlag der Erde. Tobin schwang die Machete auch nicht nur zur Show. Der Wald wuchs so schnell, dass er jeden Tag ein weiteres Dutzend Lianen über den gewundenen Trampelpfad warf.

Mit jedem Schlag der silbernen Klinge zog und dehnte sich der Stoff seines T-Shirts. Sie runzelte die Stirn, als sie es erkannte. Warum bestand Tobin immer noch darauf, dieses blöde T-Shirt zu tragen?

Waynston Prep sagte die Schrift darauf. Darunter befanden sich ein schickes Wappen und die Jahreszahl *1832*. Zerschlissen, zerrissen und fleckig – dieses T-Shirt war alles, was ein schickes Schul-T-Shirt nicht sein sollte.

„Waynston Prep!" Ihre Mutter hatte praktisch in die Hände geklatscht, als sie Tobin zum ersten Mal getroffen hatte. „Eine großartige Schule. Hast du sie besucht?"

„Allerdings." Er setzte ein charmantes Grinsen auf und zerstörte dann die Wirkung wieder. „Bis ich rausgeflogen bin."

Cara erinnerte sich genau daran. Daran, wie ihre Eltern entsetzte Blicke ausgetauscht hatten. Wie sie darauf gewartet hatte, dass er ihnen erklärte, was wirklich passiert war. Aber das hatte er nicht getan. Er lächelte nur, verschlang seine Lasagne und erzählte ihrer Mutter, wie lecker das Essen war.

Das war die Sache. Tobin machte sich nie die Mühe, Dinge zu erklären. Ihr war es lediglich gelungen, die Geschichte nach und nach aus seinem Bruder herauszukitzeln. Trotz all der Streiche, die Tobin in der Schule gespielt hatte, war er nur deshalb von der Schule verwiesen worden, weil er behauptet hatte, er habe Alkohol ins Wohnheim geschmuggelt. Und das alles nur, um den Hals seines Mitbewohners zu retten, der als Stipendiat aus der Mittelschicht keine zweite Chance im Leben bekommen würde.

Sie hatte Tobin an diesem Abend böse angefunkelt und ihn innerlich gedrängt, die Geschichte zu beenden. *Erkläre es, Tobin. Erkläre es.*

Aber Tobin hatte ihr nur einen bittersüßen Blick zugeworfen. *Sie würden mir sowieso nicht glauben.*

So war Tobin: Prinzipientreu bis zum Umfallen, selbst wenn er einen hohen Preis dafür zahlen musste. Er fügte sich seinem

Schicksal. Trug er das T-Shirt als Erinnerung an sein Versagen oder daran, das Richtige getan zu haben?

Sie ließ den Kopf hängen. Die Highschool war nicht das einzige Mal, dass er das Richtige getan hatte, und es war auch nicht das einzige Mal, dass er für ein Verbrechen bestraft wurde, dass er nicht begangen hatte. Den zweiten Fall kannte sie nur zu gut, denn sie war diejenige, die ihn beschuldigt hatte, während Tobin einfach nur das Richtige tat.

Sie trat gegen einen Stein und schoss ihn in die Schatten. Tobin war Tobin. Er hatte sich nicht verändert. Das Beängstigende daran war, wie sehr sie sich verändert hatte – und wie ihr das bis jetzt gar nicht aufgefallen war. Sie war kälter geworden. Härter. Voreingenommen, so wie alle anderen auch.

Die Kinder, die sie begleiteten, schnatterten Tobin voll und er schnatterte in unsinnigen Silben zurück, was sie zum Kichern und Lachen brachte.

Sie wollte ihn auf der Stelle stoppen, schreien und brüllen. Ihn anschreien und sich selbst auch.

Tobin! Warum hast du mich gehenlassen? Warum bist du nicht zu mir zurückgekommen?

Aber sie kannte die Antwort auf diese Frage. Sie hatte ihm selbst gesagt, dass sie ihn nie wiedersehen wollte, deshalb. Sie hatte es sogar aus vollem Halse geschrien.

Sie war diejenige, die alles ruiniert hatte, nicht er. Er war derjenige, der sie fragen sollte, *Cara, warum bist du nicht zu mir zurückgekommen?*

Es war alles so schwarz und weiß gewesen, bevor es dann zu tausend Grautönen verblasste.

„Hör mal, Tobin", sagte sie und versuchte, die Worte in ihrem Kopf zu ordnen. *Wegen uns. Vor sechs Jahren, als…*

Dann hob er eine Hand und brachte sie sanft zum Schweigen. „Hör doch nur."

Das Rauschen des Wasserfalls drang durch die Bäume und ein Fleckchen Sonnenlicht funkelte durch das Blätterdach vor ihnen. „Wir sind fast da."

Sie schloss den Mund. Öffnete ihn wieder. Schloss ihn wieder und so blieb er dann.

Eine Minute später waren sie wirklich da und selbst ihre strengen Führer standen in einer Art ehrfürchtiger Benommenheit.

Der Wasserfall stürzte aus zwanzig Metern Höhe herab und hatte sich seinen Weg durch einen gelblichbraunen Felsen gebahnt. Irgendwo darüber befanden sich die beiden oberen Stufen des Wasserfalls. Ungehindertes Sonnenlicht erfüllte die Lichtung mit goldenen Strahlen und Regenbögen tanzten im Wassernebel. Cara konnte nicht widerstehen, ihr Gesicht dem Himmel zuzuwenden und die Sonne in sich aufzusaugen, nachdem sie fast eine Woche im Schatten verbracht hatte.

„Man merkt gar nicht, wie sehr man etwas vermisst, bis es weg ist, oder?", sagte Tobin mit leiser Stimme.

Als sie sich zu ihm umdrehte, bemerkte sie, dass er sie ansah und nicht die Sonne. Seine Lippen bebten und sie wünschte sich nichts sehnlicher, als sich zu ihm zu beugen und herauszufinden, was diese unausgesprochenen Worte sein könnten.

Dann legte er einen Schalter um und wurde wieder zum lebenslustigen Tobin. „Kommst du mit rein?"

Er trat auf den Rand des Beckens zu und entledigte sich dabei seiner Sachen. Die Umhängetasche ließ er auf einen Stein fallen, dann warf er sein T-Shirt über einen Busch. Im Dorf hatte er sich ein paar Surfshorts angezogen – im Gegensatz zu ihr hatte der Mann in weiser Voraussicht einen Rucksack mit Sachen mitgebracht. So stand er vor ihr, braun gebrannt, robust und mit freiem Oberkörper und streckte ihr die Hand entgegen. „Komm schon!"

Sie verschränkte die Arme. „Ich habe nichts zum Anziehen."

Seine Augen funkelten. „Dann zieh eben nichts an."

Und *klick*, schloss sich die Linse. Bildunterschrift: *Die Lebensfreude*. Dieser Mann war ein Unikat.

„Was ist mit ihnen?" Sie deutete mit dem Daumen über ihre Schulter auf ihre Begleiter.

„Mit wem?"

Als sie sich umdrehte, fand sie nichts. Ihre Führer waren im Laub verschwunden. „Ich glaube, sie sind jagen gegangen. Es gibt nur noch dich, mich und die Kinder."

Sie schaute zu den beiden kleinen Jungen hinüber, die sich bereits auf den Weg ins flache Wasser machten.

Sie blinzelte. Wenn die Wachen weg waren, konnten sie und Tobin vielleicht auch verschwinden. „Ich bezweifle, dass sie weit weg sind", sagte Tobin und las ihre Gedanken. „Jetzt ist nicht unsere Chance, zu entkommen. Noch nicht. Aber es ist unsere Chance auf ein schönes, erfrischendes Bad. Jetzt komm endlich rein."

Gott, das Wasser war so verlockend.

„Es ist wahrscheinlich voller Blutegel", protestierte sie und fragte sich, warum sie so sehr versuchte, nein zu sagen.

„Es ist sauber. Frisch. Weißt du, wie gut sich das nach Monaten im Salzwasser anfühlt?"

Nein, das wusste sie nicht, aber sie hatte sich seit Tagen nicht mehr richtig gewaschen und alles juckte.

„Komm schon, Cara!"

Tobin wartete nicht. Er drehte sich einfach um und machte sich auf den Weg in das Becken. Er hatte denselben Trick angewandt, als sie sich kennengelernt hatten, als er sie am Rande eines Abhangs stehenließ und auf seinen Skiern einfach davonrauschte. Und Dummerchen, wie sie war, war sie ihm direkt den Berg hinunter gefolgt. Und dann noch einen und noch einen und schließlich war sie direkt in sein Bett gesprungen.

Und verdammt, dieselbe Magie wirkte auch jetzt, denn sie hatte die Knöpfe ihrer Bluse schon bis zur Hälfte aufgeknöpft. Die meisten Frauen im Dorf gingen oben ohne, also konnte sie sich doch sicher bis zum Slip und BH ausziehen. Und es schaute ja auch niemand zu, nicht wahr?

Außer Tobin. Er war bereits untergetaucht, aufgetaucht und hatte sich umgedreht. Jetzt beobachtete er, wie sie ihre Bluse auszog und sich dann ihrer leichten Kaki-Hose entledigte. Er schaute sie genauso an, wie er die Wellen musterte, die sich vor einem Strand brachen, während er auf seine Chance wartete.

Sie holte tief Luft und studierte das Wasser. Es sah tief aus. Dunkel. Auf was genau ließ sie sich eigentlich ein?

Cara. Komm rein. Er sagte es nicht, aber sie konnte spüren, wie er den Gedanken in ihre Richtung drängte.

Die Versuchung zerrte an ihr. Tobin. Kühles, verlockendes Wasser. Ein bisschen Abenteuer, jede Menge Vertrauen.

Sie schloss die Augen und sprang hinein.

Kapitel 13

Abgesehen vom Wassertreten hielt Tobin ganz still. Er hatte Angst, Cara zu verschrecken, so dass sie sich zurückzog. Auch seine Gedanken standen beim Anblick, wie sie diesen Sprung in Erwägung zog, irgendwie still. Ihre Brustwarzen pressten sich gegen die Körbchen ihres BHs und ihr Haar wippte, als sie unschlüssig den Kopf neigte.

Er sollte sich schuldig fühlen, aber es war ja nicht so, dass er *geplant* hatte, sie in das Becken am Fuße eines wunderschönen Wasserfalls in diesem überwucherten Garten Eden zu locken. Er konnte den Gedanken nicht verhindern, der ihm durch den Kopf schoss, als sie sprang.

Adam, das ist deine Eva.

Genau das war sie für ihn – die einzige Frau auf der Welt. So war es seit dem Tag, an dem sie sich kennengelernt hatten. Er hatte alles getan, um dieser märchenhaften Unschuld zu widerstehen – und dabei genauso kläglich versagt wie jetzt. Er sollte einen Fluchtplan ausarbeiten und sich nicht am Anblick ihres Körpers ergötzen. Gut, dass das Wasser kalt war, sonst würde er mit einer Holzlatte zwischen den Beinen im Wasser strampeln.

Als sie neben ihm auftauchte und das Wasser in kleinen Strömen über ihr ebenholzfarbenes Haar hinunterrieselte, tat er das einzig Logische: Er schwamm von ihr weg. Sonst würde er irgendeinen Teil ihres Körpers streicheln und das ging wirklich nicht.

Diese verrückte, magnetische Anziehungskraft, die sie beide immer wieder zueinander hinzog, hatte kein bisschen nachgelassen. Und das machte es nur noch schwieriger, ihr zu widerstehen. Cara spürte es auch. Er wusste es von der Art, wie sie im Dorf seine Wange berührt hatte. Er hatte es an den Blicken gesehen, die sie während der langen Wanderung immer eine Sekunde zu spät abwandte. Er hatte das Schwanken in ihrer Stimme gehört, als sie zwischendurch mit ihm gesprochen hatte. Ja, Cara war genauso wenig über ihn hinweg wie er über sie.

Das war doch gut, nicht wahr?

Sein Herz machte Luftsprünge und schrie *juhu, juhu, juhu* wie ein überdrehtes Kleinkind, aber sein Verstand wusste es besser.

Pass auf. Gefahr. Herzschmerz voraus.

Wenn er sich Hoffnungen machte, würden sie nur enttäuscht werden. Und das Einzige, was noch schlimmer wäre, als dass Cara ihn einmal verlassen hatte, wäre, wenn Cara ihn ein zweites Mal verließ.

Er schwamm ein Stück weiter und versuchte, sich wieder auf seinen Plan zu besinnen. Was war schon dabei, dass sie halb nackt in einem Wasserfall schwammen? Was war schon dabei, dass sie wie ein gottverdammtes Porträt der Venus selbst aussah, mit strömendem Wasser über ihrem Körper, als sie aus einer Muschel stieg?

Er holte tief Luft und tauchte ab. Er schwamm tief hinunter und nach vorn, dorthin, wo er das Rauschen des Wasserfalls spüren konnte. Er zwang sich, seine Augen zu öffnen, und tastete mit den Armen herum. Er versuchte, abzuschätzen, wie viel Tiefe es gab und wie viel sie bräuchten, damit seine verrückte Idee funktionierte. Schließlich tauchte er zum Luftschnappen auf und berechnete genau, wo er sich im Becken befand.

Er hatte darauf geachtet, sich genau zu orientieren, als sie in den Dschungel wanderten. Der tosende Fluss war nicht weit bergab und die Brücke befand sich irgendwo links. Das bedeutete, dass der Ort, an dem er sein Motorrad versteckt hatte, irgendwo hangabwärts von dieser Stelle am Fuße des Wasserfalls lag.

Alles in Reichweite, wenn seine Berechnungen richtig waren. Irgendwie würden er und Cara es ohne die Führer hierher zurückschaffen müssen. Aber auch dafür hatte er einen Plan. Einen ebenso verrückten.

Er schaute zum Wasserfall hinauf. Die Hälfte der Zeit funktionierte sein Wahnsinn erstaunlich gut. Die andere Hälfte... Nun, es war eine Sache, seinen eigenen Hals zu riskieren. Aber Caras zu riskieren...

Er tauchte erneut ab und behielt die Augen offen. Er konnte nicht weit sehen, aber wenigstens brannte es nicht so wie das Salzwasser, als er damals tauchen musste, um den Rumpf der *Serendipity* zu reinigen. Fünf kräftige Züge, und er hatte den Boden immer noch nicht erreicht. Sechs. War es tief genug?

Er schwamm zurück an die Oberfläche und tauchte direkt neben Cara wieder auf. So nah, dass er praktisch zwischen ihren Armen landete.

So nah, dass alle Gedanken einen Moment lang aus seinem Kopf verschwanden. Der Fluchtplan, die Berechnungen, seine Schätzungen von Geschwindigkeit und Zeit. Es gab nur noch ihn und sie und die keuchenden Atemzüge, die er immer noch ausstieß, nachdem er so lange unter Wasser geblieben war.

Zurück zu deinem Plan, du Idiot. Zurück zum Plan.

Tobin. Ihre Lippen bewegten sich, aber es kam kein Ton heraus.

Bevor er etwas Dummes tat, wie sie zu küssen, wich er zurück. Ein paar kräftige Züge brachten ihn an den äußeren Rand des pulsierenden Stroms. Zwei weitere und er befand sich hinter dem Vorhang der Kaskade. Das Tosen des herabstürzenden Wassers wurde dumpfer und die Temperatur sank sofort um fünf Grad. Mit dem harten Felsen im Rücken beobachtete er den silbrigen Vorhang aus Wasser, der bis auf das gelegentliche Aufflackern von grünem Blattwerk oder blauem Himmel fast geschlossen war. Eine kühle, stille kleine Höhle, in die er sich zurückziehen und seine Gedanken ordnen konnte. Um sich daran zu erinnern, dass es hier um sie ging, und nicht um ihn. Nicht um sie *beide.*

Aber hinter dem Wasserfall hatte dieses kleine Stückchen Luftraum etwas Traumhaftes an sich. So sehr, dass er nur langsam reagierte, als sich das Wasser vor ihm verdunkelte und sich dann teilte, als Cara sein geheimes, kleines Reich betrat. Als er sie sah, war es zu spät, denn sie schwamm bereits direkt in seine Arme.

Ihre Gliedmaßen verschlangen sich ineinander, bevor sein Verstand auch nur ein Wort sagen konnte. Außerdem hätte er einhundertzwei Jahre alt werden können und würde niemals vergessen, wie er Cara umarmen musste. Auch sie schien es nicht vergessen zu haben, denn sie rutschte sofort in seine Arme und spreizte ihre Beine um ihn, wie in einer Aufforderung, sie noch enger an sich zu ziehen. Sie beugten sich beide vor, um einander zu küssen, und dieser Kuss war wie der Wasserfall: so kraftvoll, so natürlich, so voller Schwerkraft. Sie trafen sich genau in der Mitte, so dass er es nicht war, der es tat, und sie war es auch nicht. Sie waren es *gemeinsam*, als wären sie eine eigene lebendige Kraft mit eigenem Willen.

Der Kuss war traurig, strahlend und hoffnungsvoll, alles zugleich und er verzehrte ihn völlig.

Ein Teil seines Verstandes versuchte zu protestieren. *Es geht hier um sie. Nicht um sie und mich.*

Aber sein Körper schrie, *Um uns, um uns, um uns!* Und er konnte sie nicht loslassen.

Nach Luft zu schnappen, war ein nachträglicher Einfall und sie keuchten beide und blinzelten.

„Wofür war das denn?", brachte er heraus. Küsse zu stehlen, sollte doch eigentlich seine Aufgabe sein.

Sie neigte ihre Stirn zu seiner und blieb eine Weile regungslos.

„Um der alten Zeiten willen", flüsterte sie kaum hörbar hinter dem Rauschen des Wasserfalls.

Die alten Zeiten. Sein Herz schmerzte, wenn er nur daran dachte.

„Tobin", flüsterte sie. „Ich wünschte... "

Er ließ den Satz unvollendet. Ja, er wusste alles über Bedauern und wie sehr es wehtat, auch wenn es ungesagt blieb.

Dann hob Cara ihr Kinn, schüttelte den Kopf und stürzte sich in einen weiteren Kuss.

Ihre Lippen waren weich, ihr Atem scharf, ihre Hüfte so nah an seiner Taille. Das Rauschen in seinen Ohren wurde lauter, als hätte jemand die Lautstärke des Wasserfalls aufgedreht. Cara schmeckte immer noch genauso gut wie vor sechs Jahren. Oder sogar noch besser, denn sie war jetzt so viel hungriger.

Trauriger. Klüger. Oder dümmer, denn Himmel, was tat er denn?

Er umarmte sie so fest, wie er sich traute, damit ihre Herzen auch die Gelegenheit bekamen, ihren eigenen kleinen Cha-Cha-Cha zu tanzen, so wie ihre Lippen eine Etage höher. Wenn seine Augen offen waren, war dort nichts zu sehen, denn es nahm nur ihren Geschmack, das Gefühl und das Feuer zwischen ihnen wahr, das das Wasser von tausend sprudelnden Flüssen nicht löschen könnte.

Das Wasser war rein. Weich. Reinigend. Wenn sie lange genug dort blieben, würde es die Vergangenheit vielleicht einfach wegspülen.

„Tobin", murmelte sie und ihre Lippen kitzelten über seine. „Wir müssen wirklich reden."

„Du redest, ich küsse", murmelte er in ihr Ohr.

„Tobin, all das hier…"

Sie verstummte, als er anfing, an ihrem Hals zu knabbern. Er konnte einfach nicht anders. So wie eine Sirene zog sie ihn an. Die Kurven ihres Körpers, die weiche Haut… Er hatte schon fast angefangen, zu glauben, dass die Realität niemals so gut sein könnte wie die Erinnerungen, aber sie war genauso gut. Besser sogar.

Sein Herz schlug höher, als Cara ein kleines Stöhnen ausstieß. Ihre Lippen bewegten sich erneut und ihre Stimme war ein Flüstern über dem Rauschen des Wasserfalls.

„Tobin, du und ich…"

„Du und ich", stimmte er zu und zog sie näher zu sich heran. Gott, warum war er in all den vergeudeten Jahren nicht zu ihr gegangen?

Weil sie ihn mit aller Deutlichkeit aus ihrem Leben verbannt hatte, deshalb. Aber hier oben im Dschungel, weit weg von ihrem Büro und ihrem Job, öffnete sie sich ihm wieder. Sie erlaubte sich zur Abwechslung einmal, zu leben und zu lieben.

Mit den Händen erkundete er ihren Rücken und dann ihre Seiten bis hin zu den Rundungen ihrer Brüste. Sie krümmte sich und zog ihre Lippen von seinem Mund zu seinem Ohr, während sie hungrige Laute von sich gab. Sein Schwanz war steinhart und ragte gegen ihren Körper. Wenn er sich nur ein klein wenig nach vorn neigen wür...

„*Hola!*", ertönte eine quietschende Stimme im Vordergrund des Rauschens des Wasserfalls.

Er riss die Augen auf und Cara tat es ihm gleich. Sie drehten sich beide zu einem breit grinsenden, kleinen Jungen um.

„*Amigos!*" Der Junge grinste, ohne zu bemerken, was er gerade unterbrochen hatte.

„*Hola*", stöhnte Tobin. Eine Welle des Protestes schoss durch jeden Muskel und jedes Gelenk.

Cara vergrub ihr Gesicht an seiner Schulter und obwohl es nicht genau das war, wonach sein Körper sich sehnte, kitzelte es doch seine Nerven. Sie war nicht von ihrem von seinem Schoß gerutscht, als sie merkte, wie nah sie sich gekommen waren, nicht wahr?

Er verschränkte seine Arme hinter ihrem Rücken und hielt sie fest, wobei er sich im Stillen ein Versprechen gab. *Werde niemals loslassen. Werde es nicht versauen. Dieses Mal nicht.*

Kapitel 14

Nach einem weiteren Kuss glitt Tobin davon.

Cara schaute zu, wie er in die reale Welt auf der anderen Seite des Wasserfalls verschwand. Ihr Körper schrie, dass er zurückkommen sollte, aber Tobin war weg.

Aber das Gefühl war es nicht. Das Gefühl, dass ein Teil von ihr nur dann atmen konnte, wenn Tobin in der Nähe war. Dass eine zusätzliche Kammer ihres Herzens in Gang gesetzt worden war, genau wie eine ganze Schar neuer Nervenenden, die Funken sprühten und schrien und zum Leben erwachten.

Heilige Maria und Josef, wie dieser Mann küssen konnte.

Tobin küsste genauso, wie er lebte: Mit vollem Einsatz, von ganzem Herzen und setzte alles aufs Spiel. Und der Glanz in seinen Augen schwor, dass er dies nur für sie tat. Keine Lügen, keine Geschichten, keine Intrigen.

Es war so einfach, ihm zu vertrauen. Aber in dem Moment, in dem ihr Verstand wieder in die Gänge kam, fühlte es sich furchtbar kompliziert an, sich auf die Liebe zu dem am wenigsten komplizierten Mann der Welt einzulassen. Vor allem, wenn ein Dutzend zweifelnder Stimmen in ihrem Kopf widerhallten.

Er ist nicht gut für dich.

Warum kannst du nicht jemanden finden, der mehr wie sein Bruder ist?

Ein Mann wie er wird dich früher oder später betrügen.

Noch vor wenigen Minuten hatte ihr Magen mit Schmetterlingen gekribbelt. Jetzt wurde ihr Herz schwer wie Stein. Vielleicht hatte sie diese Sätze so oft gehört, dass sie angefangen hatte, sie selbst zu glauben. Genauso wie Tobin es mit all den abwertenden Bemerkungen tat, aus denen er Witze machte.

Sie schöpfte eine Handvoll Wasser und ließ es langsam über ihr Gesicht laufen. Es waren Worte, nur Worte. Und doch hatten Worte die Angewohnheit, einen Menschen zu verwirren, bis er in seinem eigenen Netz gefangen war.

„*Señora! Señora!*" Der kleine Junge winkte ihr fröhlich zu, ihr zu folgen, und sprang aus der Höhle hinter den Wasserfällen.

Mit einem tiefen Atemzug folgte sie ihm. Aber sie musste sich im falschen Winkel abgestoßen haben, denn dieses Mal schlug der Wasserfall auf ihren Rücken und drückte sie hinunter.

Sie strampelte und schlug um sich, aber die Kraft war einfach zu stark. Das Licht wurde schwächer, als sie in dunkleres, kälteres Wasser getrieben wurde. Sie strampelte noch fester und versuchte, dem Druck in der Mitte des Wasserfalls zu entkommen, aber sie schaffte es nicht heraus.

Unten? Oben? Sie blinzelte und versuchte, sich zu orientieren. Das Wasser schäumte und blubberte rundherum. Ihre Tritte wurden immer hektischer, weniger koordiniert und mit wild fuchtelnden Armen.

Tobin! Sie wollte schreien.

Sie verfiel gerade in Panik, dass sie es vielleicht nicht schaffen würde, als der Sog sie losließ – widerstrebend. Zwei angestrengte Schwimmzüge – die härtesten in ihrem Leben – und sie durchbrach die Oberfläche und schnappte nach Luft.

Sie brauchte lange, um sich das Wasser aus den Augen zu blinzeln. Der kleine Junge saß am Beckenrand und lächelte unbekümmert. Es ging ihm also gut. Aber was war mit Tobin?

Sie suchte das Becken ab. Oh Gott, wo war Tobin hin?

Dann tauchte er auf – er schoss in die Höhe und aus dem Wasser heraus, als wäre er in atemraubende Tiefen hinabgestiegen – und holte ein paarmal kräftig Luft. Seine Augen wirkten weder wild noch besorgt, sondern berechnend. Dann holte er noch einmal tief Luft und tauchte wieder ab.

Sie stieß einen langen, zittrigen Atemzug aus.

Natürlich hatte Tobin alles unter Kontrolle. Genauso, wie er die schnellsten Skipisten und die größten, verrücktesten Wellen meisterte.

Er tauchte immer wieder und wieder, bis er schließlich eine Pause einlegte und sich auf dem Rücken treiben ließ, um den Wasserfall zu betrachten. Nicht, um ihn zu würdigen oder um ihn für ein imaginäres Fotoalbum festzuhalten – Bildunterschrift: *Wunderschöner Wasserfall, an dem Cara mir an die Wäsche wollte* – oder staunend, sondern berechnend. Sie konnte nicht sagen, was er dachte. Nur, dass er ein Mann war, der von irgendeiner Art Mission besessen zu sein schien.

Typisch Tobin. Ihr Vater nannte ihn faul, aber das war er nicht. Er war nur sehr wählerisch, wenn es darum ging, wofür er seine Leidenschaft einsetzte. Und im Moment schien seine Leidenschaft fest darauf fixiert zu sein, die Tiefen des Beckens unter dem Wasserfall zu erforschen.

Sie paddelte zum Beckenrand hinüber, kletterte hinaus und setzte sich neben seinem Rucksack auf einen Stein in die Sonne. Vom Wasser fröstelnd kramte sie in der Tasche nach dem kleinen Handtuch, das sie Tobin einpacken gesehen hatte. Sie zog es heraus und tupfte sich das Wasser vom Gesicht.

Mit dem Fuß stieß sie versehentlich den Rucksack um und ihr Blick blieb an einem Buch hängen.

Soweit sie sich erinnerte, hatte Tobin auf U-Boot Abenteuerromane gestanden. Hatte sich sein Geschmack im Laufe der Jahre verändert?

Sie zog das Buch heraus und entschied, nein. Nicht wirklich. Es war ein abgegriffenes Taschenbuch, das aussah, als wäre es schon durch tausend Hände gegangen. Auf dem Einband war ein getakeltes Segelschiff zu sehen und in der Beschreibung gab es viele Ausrufezeichen. Dem glitzernden Schwert des Helden und der Größe der Brüste der Heldin nach zu urteilen, gab es jede Menge Action zwischen den Buchdeckeln *und* zwischen den Laken.

Sie konnte sich ein Lächeln nicht verkneifen. Vielleicht würde Tobin es sie lesen lassen, wenn er fertig war.

Und der Stelle seines Lesezeichens nach zu urteilen, würde das nicht mehr lange dauern. Sie schlug das Buch auf und versuchte, zu erraten, was sie darin finden würde.

So etwas wie *Arrr, rief Captain Jack, als er sich vom Besanmast aufs Deck hinunterschwang.* Oder vielleicht: *Claudette zog den Säbel und schrie, als sie ihm zu Hilfe kam.* Oder vielleicht...

Sie hielt inne. Nicht wegen des Kapitelanfangs, sondern wegen des Lesezeichens – ein Foto. Ein vertrautes Foto.

Sie schluckte und schaute ängstlich auf, weil Tobin sie beim Schnüffeln erwischen könnte. Aber er schwamm immer noch, tauchte unter und entwickelte irgendetwas in seinen Kopf. Nicht ahnend, dass sie gerade das Foto entdeckt hatte, das er nach all den Jahren immer noch bei sich trug.

Das Bild von ihnen beiden auf dem Gipfel eines weißen Berges im Winter. Ihre Wangen waren rosig, ihr Grinsen kilometerbreit. Sie sahen ein wenig jünger aus. Und viel glücklicher. Und absolut und unverkennbar verliebt.

Sie drehte es um und wusste bereits, was auf der Rückseite stand, denn sie hatte damals, und danach noch Dutzende Male, gelesen, was er an jenem Valentinstag vor langer Zeit geschrieben hatte.

Vor einem Jahr haben wir uns auf diesem Berg kennengelernt und du hast mein Leben verändert. Ich werde dich immer lieben, Cara. Wirst du die Meine sein?

Und wenn er die *Meine* sagte, hatte er es ernst gemeint, denn er war im Schnee auf die Knie gefallen und hatte um ihre Hand angehalten.

Sie hob das Handtuch erneut an ihr Gesicht, um die zusätzliche Feuchtigkeit abzutupfen, die über ihre Wangen lief.

Ja, Tobin. Ja. Ich werde für immer die Deine sein.

Diesen Teil hatte sie später am Tag hinzugefügt, als sie zu dem von ihm vorbereiteten Abendessen im Kerzenschein ins Tal zurückkehrten.

An diesem Februartag war alles so perfekt gewesen. Und wenn sie darüber nachdachte, war auch in den folgenden sechs Monaten alles perfekt gewesen. Bis zu dem furchtbaren Tag, an dem sie ihm das Bild schluchzend ins Gesicht geworfen hatte.

Geh, Tobin. Verschwinde. Ich will dich nie wiedersehen.

Sie hatte diesen Teil geschrien und er hatte wie ein verlorenes Hündchen dagestanden, das nicht wusste, was es falsch gemacht hatte. Er hätte vielleicht noch länger so dagestanden, wäre ihr Vater nicht hereingeplatzt und hätte nicht nur einen

Anfall bekommen, sondern auch noch ein paar Stühle geworfen. Das alles richtete sich gegen einen Mann, der seine Braut
zwei Tage vor seiner eigenen Hochzeit betrogen haben sollte.

Nur das Tobin sie nicht betrogen hatte. Er hatte nicht ge-
logen.

Sie schluckte schwer und es hallte in ihren Ohren wider. Sie
hatte sich inzwischen zusammengekauert, wippte mit um ihre
Knie geschlungenen Armen und wünschte, nichts davon wäre
wahr. Der Schmerz, den sie empfunden hatte, als sie dachte, Tobin hätte sie betrogen, war nichts im Vergleich zu dem
Schmerz, den er gespürt haben musste, als er beschuldigt wurde. Von ihr.

„Hey, Cara", rief er aus dem Wasser.

Sie riss ihr Kinn hoch und klappte das Buch zu. „Ja?" Es
kam schwach und undeutlich heraus.

„Geht es dir gut?"

Er strampelte auf der Stelle, schaute sie aus dreißig Metern
Entfernung an und vergewisserte sich einmal mehr, ob es ihr
gut ging. Er hatte alles stehen- und liegengelassen und war
durch das halbe Land gereist, um sicherzugehen, dass es ihr
gut ging.

Tobin hatte sie noch nie im Stich gelassen. Und das würde
er auch nie, niemals tun.

Ging es ihr gut?

Irgendwie. Mehr oder weniger.

Wenn es ihr gut ging, dann nur, weil er hier war, ihr alles
versprach und nichts dafür verlangte.

Sie schniefte, schaute ihn an und brachte ein schwaches
Lächeln zustande. Dann richtete sie ihre innere Kamera vor
ihrem geistigen Auge auf den Wasserfall und hielt die Szene
fest. *Klick!* Bildunterschrift: *Der Mann, den ich liebte.*

In dem Moment, als sie den Gedanken dachte, wollte sie
ihn sofort korrigieren. *Der Mann, den ich immer noch liebe.*

Kapitel 15

Tobin war sich nicht sicher, wohin der Rest des Tages verschwand, aber er verging wie im Fluge. Ein wortloses Picknick am Fuße der Wasserfälle, eine Stunde, in der er sich fragte, warum Cara so still war. Dann waren ihre Führer-Schrägstrich-Wächter wieder aufgetaucht und führten sie den Weg zurück über den unwegsamen Dschungelpfad.

Aus einer Stunde Fußmarsch wurden zwei und seine Gedanken sprangen ständig zwischen dem Wasserfallkuss und der großen Flucht hin und her. In einer Sekunde berechnete er Winkel, Höhen und die Wahrscheinlichkeit eines sofortigen Todes. Im nächsten Moment wurde ihm ganz heiß und er erinnerte sich an den Moment, als Cara auf seinen Schoß gerutscht war. Er sehnte sich danach, sie wieder so nah bei sich zu spüren. Dass sie ihre Lippen auf die seinen presste und *Ja, ja, ja* murmelte.

Ganz langsam und allmählich drängte sich ein anderes Bild dazu. Ein längst vergessenes Bild, das in seinem Hinterkopf herumschwirrte und immer wieder verschwand, wenn er sich unter tief hängenden Blättern und Ranken hindurchduckte. Aber je mehr er sich darauf konzentrierte, desto mehr verblasste der Dschungel. Und da war er wieder – sein Großer Plan.

Es hatte eine Hochzeitsüberraschung für Cara werden sollen: Er wollte sich ein Stück Hang eines örtlichen Skigebietes kaufen und sich dort niederlassen. Der Plan hatte sich vor sechs Jahren so ziemlich selbst zerschlagen, genau wie er selbst. Und doch war er wieder da und tanzte im Schatten des Regenwaldes. Sein Geschäftsplan.

Ja – er, Tobin Cooper, mit einem Geschäftsplan.

Er hatte sich alles ausgemalt. Der Ort, an dem er als Kind Skifahren gelernt hatte, lag schon seit Jahren brach. Es war nicht viel – nur ein einzelner Anfängerhügel mit einem rostigen Schlepplift. Aber es musste auch nicht viel sein. Der Ort befand sich nahe genug an den Vororten zu Boston, um selbst in wirtschaftlich schwierigen Zeiten ein gutes Geschäft zu garantieren. Eine Liftkarte dort kostete ungefähr so viel wie ein Happy Meal, also war es billig, nah und bequem. Die Piste war perfekt für kleine Kinder und nah genug, dass ihre Eltern die Hin- und Rückfahrt an einem halben Tag bewältigen konnten. Die Kunden waren garantiert und viele Menschen hätten jede Menge Freude daran. Genau die Art von Geschäft, zu der Cara ihn immer ermutigt hatte.

Er hatte es von A bis Z geplant. Er hatte sogar eine Bank gefunden, die ihm einen Kredit bewilligen wollte. Auf dem Weg von der Hochzeit in die Flitterwochen hatte er in Beech Tree Hill vorbeifahren wollen, um Cara den Ort zu zeigen, ihr seinen Plan zu erläutern und zu sehen, wie sie vor Stolz platzte. Sie würden über den Hügel blicken, lachen, sich umarmen und sich vorstellen, wie ihre eigenen Kinder eines Tages dort Skifahren lernen würden.

Seine Gedanken gerieten ins Stocken. Okay, also das würde nie passieren. Aber der Rest... Es wäre ein gutes Geschäft. Klein genug, dass er es überschauen könnte, und groß genug, um davon leben zu können. Die Kunden wären zufrieden.

Und er... Nun, er wäre so zufrieden, wie er eben sein konnte.

Das Quietschen und Kreischen aus den Dschungelbaumkronen erinnerte ihn daran, wo er war. Warum.

Cara. Sie war alles, was er je gewollt hatte und immer noch wollte.

Ihre Hand war da und wartete nur darauf, gehalten zu werden, also tat er es. Er hielt sie den Rest des Weges zurück ins Dorf und genoss jede Sekunde, die verging, während ihre Finger mit den seinen verschränkt waren. Seine Gedanken sprangen zwischen Zeit und Ort hin und her – zwischen dem winterlichen Neuengland und dem mittelamerikanischen Dschungel, und er wunderte sich. Was wäre, wenn. Vielleicht ein wenig zu viel für sein eigenes Wohl.

Dann summte eine Mücke um sein Ohr und mit einem Schlag zwang er sich, wieder darüber nachzudenken, wie weit und wie schnell sie laufen konnten. Denn morgen war der Tag. Freitag.

Morgen musste er Cara hier rausholen. Sie brauchten nur einen frühen Start und ein wenig Glück.

Bis dahin hatten sie den Rest des Nachmittags und eine sehr lange Nacht vor sich. Wie zum Teufel sollte er es schaffen, neben Cara ins Bett zu kriechen und nicht all die Dinge zu tun, nach denen sein Körper sich sehnte? Wie, sie besinnungslos zu küssen, an ihrem perfekten Körper hinabzugleiten und noch ein wenig weiterzuküssen. Jeden Zentimeter von Cara zu wiederzuentdecken, bis sie ihn anflehte, sie kommen zu lassen. Dann würde er in sie eindringen und sie würden sich wie ein Vogelpaar in die Lüfte erheben...

„Schmetterlinge, *Señor*?"

Er blinzelte. Sie waren fast zurück im Dorf. Rodrigo stand vor ihm und fragte ... wonach?

„Haben Sie irgendwelche Schmetterlinge gesehen?" Rodrigo schaute ihn prüfend an. Er suchte nach einem Hinweis auf eine Lüge. Ja, er wusste, dass Tobin mehr im Schilde führte, als nur mit seiner Fast-Ehefrau Urlaub zu machen.

Also sagte er die Wahrheit. Oder zumindest eine Halbwahrheit. „Ehrlich gesagt, habe ich nicht darauf geachtet. Ich habe mehr Zeit damit verbracht, meine wunderschöne Frau anzusehen."

Meine Frau. Das klang irgendwie richtig.

Vergesst das Ungeziefer, die Luftfeuchtigkeit, den Regenschauer, der gerade durch das dichte Blätterdach über ihnen zu rieseln begann. Er hatte seine Frau. Seine Ehefrau.

Okay, seine Fast-Ehefrau.

Ihr Spaziergang wurde zu einem Lauf, als aus kleinen Regentropfen ein schwerer Regenschauer wurde. Der Regenwald wurde seinem Namen gerecht und zwang sie, ihre Schritte zu beschleunigen. Sie sprinteten ins Dorf und huschten unter das Gebäude mit den offenen Seiten, das als Gemeinschaftsraum diente. Er kam lachend zum Stehen und umarmte Cara. Die

Wassertropfen glitten zwischen ihre Körper. Der Regen prasselte auf sie nieder. Er hatte sie und...

Cara zog sich mit einem scharfen Atemzug zurück.

„Ca–", wollte er protestieren. Warum musste sie sich gegen etwas wehren, das sich so richtig anfühlte?

Aber ihr Blick war nicht auf ihn gerichtet. Sie hatte die Augen weit und ängstlich aufgerissen und starrte in eine gegenüberliegende Ecke des offenen Raums.

Tobins Nackenhaare stellten sich auf. Er wirbelte herum und stellte sich instinktiv vor Cara.

„*Buenos Días*", sagte eine düstere, gierige Stimme.

Niemand antwortete. Keiner der Dorfältesten, die zögerlich an einer Seite kauerten. Auch nicht ihre Begleiter, die den Neuankömmling wie eine giftige Schlange beäugten. Nicht einmal Rodrigo, der hinter ihnen in den Unterstand getreten war und plötzlich stehen blieb.

Abgesehen vom Regen war kein einziges Geräusch zu hören. Weder das freundliche Geschnatter der Frauen bei der Arbeit noch das Stimmengewirr der spielenden Kinder. Es gab auch keine neugierigen Gesichter, die aus den Türöffnungen spähten. Das ganze Dorf war stumm.

„*Buenos Días*", wiederholte der Neuankömmling. Es war kein Gruß. Das war ein Befehl.

„*Buenos Días*", murmelten mehrere Stimmen auf Kommando.

Tobin funkelte ihn an. Wer war dieses Arschloch?

Che Guevara an einem schlechten Tag – das beschrieb den Mann nicht einmal annähernd. Strubbelbart, widerspenstige Haarsträhnen. Dunkle, bohrende Augen. Seine Dschungelkleidung war nicht nur durchnässt, sie war durch und durch schmutzig. Eine Zigarette hing von seinen Lippen und verströmte einen ranzigen Geruch, der in diesem üppigen, grünen Raum völlig fehl am Platz war. Er setzte sich auf einen Baumstamm unter dem Dach und hielt das Gewehr an seiner Seite. Als er das Bein bewegte, schwang der Lauf direkt auf die Ältesten zu. Eine sorgfältig kalkulierte Aktion oder schiere Unachtsamkeit?

„Alfonso", murmelte Rodrigo zwischen zusammengebissenen Zähnen.

Tobin schlang seinen Arm nach hinten, um Cara hinter sich zu verstecken. Es war ein Fehler, denn die Bewegung lenkte den Blick des Mannes auf Cara.

„*Buenos Días.*" Die Stimme des Mannes erhob sich butterweich und sanft. Seine Augen waren die einer Kobra, die ihre Beute studierte.

Cara versteifte sich hinter Tobins Rücken und krallte sich mit ihren Fingern so fest an seine, dass es schmerzte. Nicht, dass er vorgehabt hätte, in nächster Zeit loszulassen. Nicht, solange dieses Arschloch hier herumhing.

Tobin kniff die Augen zusammen und warf dem Eindringling seinen besten *Dschungelkrieger*blick zu. Es war offensichtlich, dass der Mann im Dorf nicht willkommen war. Die Männer standen alle starr da, während die Frauen sich gegenseitig unsichere Blicke zuwarfen.

Ein Drogenkurier? Was sonst könnte dieser Abschaum von einem Mann sein? Er gehörte nicht zu den Brückenwächtern, so viel war sicher. Ein Latino, kein *Eingeborener*, wie es die Dorfbewohner waren. Ein Außenseiter.

Ein gefährlicher Mann.

„Alfonso!" Alle Köpfe drehten sich nach rechts, als Lefebvre hereinkam und dem Eindringling einen aufmunternden Klaps auf den Rücken gab. Seine Augen waren glasig und sein Gang nicht ganz gerade.

Tobin blickte von einem zum anderen. Der Anthropologe war mit einem Drogenkurier befreundet?

Alfonso, der Neuankömmling, reichte Lefebvre ein fest verpacktes Bündel. Gras? Kokain? Was auch immer es war, es erklärte ihre unwahrscheinliche Freundschaft. Eine gefährliche Freundschaft, entschied Tobin. Selbst die pokergesichtigen Dorfbewohner beobachten die beiden mit finsterer Miene.

Eine ältere Frau schlurfte mit einer mit Flüssigkeit gefüllten Kalabasse vor, aber Alfonso schob sie knurrend weg. „*Chicha! Chicha fuerte!*"

Die alte Frau zog sich eilig zurück, als ein heftiger Protest aufkam. Rodrigo, die Ältesten und die drei Jäger des Dorfes fingen alle gleichzeitig an, zu reden. Tobin brauchte ihre Sprache nicht zu sprechen, um die Botschaft zu verstehen. Kein Chicha. Auf gar keinen Fall.

Er hatte schon einmal einen Schluck von diesem Zeug probiert, damals in Catalina, und er konnte das Brennen in seiner Kehle immer noch spüren. Das Letzte, was dieser unerwünschte Besucher brauchte, war ein Schuss Alkohol in seinem Blut. Tobin konnte das Gras an ihm riechen und es in seinen blutunterlaufenen Augen sehen.

Augen, die aufgehört hatten, umherzustreifen, und sich direkt auf Cara konzentrierten. Abschätzend. Gierig. Ungehobelt.

Tobin bewegte sich leicht nach rechts und warf dem Mann seinen bösesten Blick zu. *Leg dich nur mit mir an, Arschloch. Versuche es mal.*

Der Mann starrte zurück und ließ eine Hand zu seiner Waffe gleiten.

Kapitel 16

Caras ganzer Körper stand auf Alarm. Jeder Mann im Dorf starrte Alfonso aus den Schatten an. Alle Frauen waren auf der Hut und jedes junge Mädchen hielt sich auffallend versteckt. Selbst wenn dieser Fremde nicht in ihrem Blickfeld wäre – oder es gewesen war, bis Tobin sich bewegte, um sich ihm in den Weg zu stellen –, hätte sie ihn dort gespürt. So wie man einen Fremden spürte, der auf einer schwach beleuchteten Straße hinter einem herlief, oder einen gemeinen Köter, der einem auf die Knöchel starrte und überlegte, wie weit er an seiner Kette kommen kann. Das war es, was der Mann jetzt tat. Er kalkulierte.

Eine Waffe gegen ein Dutzend Besucher – plus Tobin, der wie eine Mauer vor ihr stand. Er schien seine Größe verdoppelt zu haben, wie ein Silberrückengorilla, der bereit war, sein Revier zu verteidigen.

Das Erschreckende daran? Sie war das Revier und ein Kampf konnte den Tod bedeuten.

Ein Teil von ihr wollte dem Eindringling einen Stinkefinger zeigen und diese aufgeblasenen Männer in ihre Schranken verweisen. Für wen hielt sich dieser Alfonso, dass er sie so ansah? Und was glaubte Tobin denn, wer er war, dass er den Ritter spielte?

Ein anderer Teil von ihr wich jedoch zurück. Die Szene, die sich vor ihr abspielte, war nicht nur männliches Gehabe. Sie war das Vorspiel zu einem Kampf.

Etwas zog an ihrer Hand. Die alte Frau, die sie zum Gehen bewegen wollte. Drängend. Eindringlich.

Kommen Sie mit mir mit. Jetzt. Verschwinden sie aus dem Blickfeld dieses bösen Mannes.

Es gab nichts, was sie lieber täte, aber sie wollte nicht ohne Tobin gehen. Sie zog an seiner Hand und er drehte sich um.

Der Atem stockte in ihrem Hals, denn das war Tobin, wie sie ihn noch nie zuvor gesehen hatte. Der großzügige Charme war verschwunden, stattdessen war er zu einem grimmigen, entschlossenen Krieger geworden, dessen Nasenlöcher wie die eines wütenden Stieres bebten. Tobin war bereit, alles aufs Spiel zu setzen – für sie.

Sie schloss ihre Hand fester. Wenn Finger sprechen könnten, würden ihre flehen: *Tobin, komm mit mir mit.*

Seine Augen blitzten auf. *Du gehst. Ich bleibe hier, solange dieses Stück Scheiße hier ist.*

Auf gar keinen Fall. *Nicht ohne dich.* Auf gar keinen Fall würde sie ihn in einer Auseinandersetzung mit einem bewaffneten Mann stehen lassen.

Seine Augen blitzten, wurden weicher und er schloss sie kurz. Als er sie wieder öffnete, führte er ihre Hand zu seinem Mund und küsste ihre Fingerknöchel. Die blauen Augen, mit denen er sie ansah, waren voller Versprechen und Hoffnungen. Etwas in ihr schmolz dahin, als ihr Herz um die Erlaubnis bettelte, ihn wieder lieben zu dürfen.

Eine Sekunde verging und mit ihr eine Ewigkeit. Der Eindringling, das Dorf und der Regenwald verschwammen aus ihrem Blickfeld, bis es nur noch sie beide gab.

Dann bewegte sich etwas am Rande ihres Blickfeldes und sie schreckte zurück. Rodrigo und sein Onkel – Gott segne sie – waren vor Alfonso getreten und setzten ihre Proteste fort.

„No Chicha! Nein!"

Das gab ihr die Gelegenheit, die sie brauchte. Cara zog an Tobins Hand und dieses Mal folgte er ihr hinaus in den Regen.

Es war ein reinigender Regen, der die Zweifel und Verzweiflung wegspülte, bis sie sich noch nie in ihrem Leben einer Sache so sicher gewesen war wie in Bezug auf ihn. Auf sie beide. Ein Regen, der sie über die Lichtung jagte und Schlamm spritzen ließ, als sie zu ihrem Bungalow rannten, der sich überraschenderweise wie ein Zuhause anfühlte. Sie huschte durch den Türrahmen. Tobin war ihr direkt auf den Fersen und schloss die Tür hinter ihnen. Dann standen sie da und starrten sich an. Ihre Oberkörper hoben sich mit jedem Atemzug, das Wasser tropfte und tausend unausgesprochene Worte hingen in der dicken Luft.

Schließlich riss Tobin seinen Blick von ihr los und beugte sich vor, um aus dem winzigen Fenster zu schauen, das in die Flechtwerkwand geschnitten war.

Sie schluckte das, was sie hatte sagen wollen, hinunter und schaute ebenfalls hinaus.

„Was denkst du?"

Die Sehnen an Tobins Hals spannten sich an. „Ein Drogenkurier, ganz sicher." Er drehte sich wieder zu ihr um. „Mein Gott. Was hat sich deine Firma dabei gedacht, dich ganz allein hierherzuschicken?"

Wenn er es so formulierte, klang es wirklich ziemlich unvorsichtig. Sie biss sich auf die Lippe. „Ich hatte einen Führer. Ich hatte erwartet, dass es schnell gehen würde. Nur ein Nachmittag."

Tobin schüttelte den Kopf und starrte aus dem Fenster. Der Regen trommelte auf das Dach, während sie sich noch immer fragte, wie aus einem einzigen Nachmittag eine Woche geworden war. Und nicht nur das, sondern auch, wie aus einer Geschäftsreise in den Dschungel eine Reise durch Erinnerungen, Gefühle und Bedauern geworden war. All die Dinge, die sie gut unter Verschluss gehalten hatte, drängten sich nun ans Tageslicht und bettelten darum, gelöst zu werden. Ausgerechnet hier – an diesem verworrenen ursprünglichen Ort.

Ohne nachzudenken, ließ sie ihren Kopf an Tobins Schulter sinken, legte eine Hand auf seine Brust und spürte das gleichmäßige Schlagen seines Herzens. Sie schloss die Welt aus. Und lauschte.

Klopf. Klopf. Klopf.

Sein Atem war wie ein Flüstern an ihrer Wange und sein Körper hart wie Stahl. Sie hingegen war ein schmelzendes, aufgeweichtes Durcheinander.

Er schlang seinen Arm um ihre Taille, ganz warm und fest. Das Trommeln des Regens ließ nach, wurde zu einem Plätschern und schließlich zu spritzenden Tropfen. Tobins Brust hob und senkte sich mit jedem Atemzug.

„Er geht", knurrte Tobin.

Sie riss die Augen auf und schaute hinaus. Zurück in die reale Welt, wo Alfonso in den Dschungel schlenderte, als gäbe es kein Dutzend wütender Stammesangehörige, die bereit waren, mit ihren Blasrohren auf seinen Rücken zu zielen. Sein Gewehr wippte bei jedem Schritt, bis das Laub ihn verschluckte.

„Gott, ich frage mich, wie oft sie mit ihm zu tun haben."

Tobin schüttelte traurig den Kopf. „Zu oft, würde ich sagen."

Als sie erschauderte, umarmte er sie noch fester. Wie ein Kätzchen, das endlich nach Hause kam, nachdem es sich verirrt hatte, schmiegte sie sich an ihre alte Lieblingsstelle. Mit der Nase an seinem Hals und dem Ohr an seiner Wange. Genau dort, wo alle Probleme verschwanden und sich alles friedlich und sicher anfühlte. Und noch mehr, als Tobin seinen Kopf auf den ihren lehnte und seine steifen Muskeln sich langsam zu lockern begannen.

„Mmm", brummte er.

„Hmm?"

„Nichts", seufzte er. „Nur mmm."

Sie schaut auf und sah, dass er sie anlächelte.

Mit den Fingern strich sie über seinen Unterarm. „Du bist nass."

„Du bist nasser."

Sie lachte. Ein tiefes, schallendes Lachen, das sich einfach unglaublich anfühlte. „Bin ich nicht."

„Bist du doch", erwiderte er. „Es sind all diese Haare." Er fuhr mit den Fingern durch die Strähnen, was ein warmes Kribbeln in ihrem Körper auslöste. Sie schloss die Augen und konzentrierte sich auf das Gefühl von ihm, so nah. Mit den Fingern massierte er ihre Kopfhaut und strich ihr Haar zurück.

„Gott, ich bin ein Chaos."

„Ich mag dich ein bisschen chaotisch. Es ist niedlich."

Ihr Herz machte einen kleinen Freudentanz. Vielleicht musste es gar nicht so kompliziert sein, ihn wieder zu lieben.

„Nur du würdest das niedlich finden", murmelte sie.

Er schaute sie an und seine Augen tanzten. *Ja. Ja, das tue ich.*

Kapitel 17

Tobin griff hinter Cara. „Wir sollten dich besser abtrocknen.“

Er tupfte sie mit einem Handtuch ab. Behutsam und vorsichtig folgte er den Rinnsalen des Wassers, die über ihr Gesicht und ihren Hals liefen. Als er sie unter dem Kinn abtrocknete, konnte sie nicht anders, als sich ihm entgegenzustrecken.

Der Regen trommelte in drängenden, kurzen Ausbrüchen auf das Dach und plätscherte in die Pfützen, die sich außerhalb der dünnen Wände bildeten. Der ganze Regenwald verstummte unter der Sintflut.

Sie lehnte sich näher und näher, während Tobin das Handtuch über ihre Schultern und ihren Rücken rieb. Der Klang, der in ihrer Kehle aufstieg, war zum Teil Schnurren und zum Teil lustvolles Knurren. Das Anlehnen wurde zu einem Sich-an-ihn-Pressen, als sie ihre Brust an seine drückte. Tobins Hände waren magisch, genau wie seine Stimme und seine Berührung.

Dann war ihr nicht mehr nur warm, sondern heiß. Sie strich mit ihren Händen über seine Brust. Dann bahnte sie sich ihren Weg zum Saum seines T-Shirts und zog es hoch. Der nasse Stoff rollte nur widerwillig und sie konnte es nachempfinden. Wenn sie so eng an seinen Körper geschmiegt wäre, würde sie auch nicht kampflos loslassen.

„Lass uns dich aus diesen nassen Klamotten holen“, flüsterte sie und zog an dem T-Shirt.

Darunter kam eine Wand aus straffer, gebräunter Haut zum Vorschein. Ein Teil von ihr seufzte, ihm wieder so nahe zu sein. So intim. Kein Geplänkel, keine Scherze. Nur ein Liebespaar, das vom selben ursprünglichen Verlangen angetrieben wurde.

„Cara.“ Er schloss seine Hände um ihre, aber sie befreite sie aus seinem Griff.

Ein weiterer Zentimeter seines T-Shirts gab nach und enthüllte eine flache, harte Brustwarze, hinter der sich feste Muskeln befanden. Und mit ihr kamen die heißen Erinnerungen an das eine Mal, als sie sich in einer Skihütte in Colorado verkrochen hatten und...

„Cara." Seine Stimme war tief und heiser.

Ich will es, Tobin. Ich brauche es. Fast hätte sie das gesagt, aber sie konnte sich gerade noch rechtzeitig fangen. Stattdessen legte sie ihre Stirn an seine Schulter und atmete ein paarmal tief durch.

Ich, ich, ich. Gott, wann war sie nur so egoistisch geworden?

Er massierte ihre Schultern, um ihr zu sagen, dass alles in Ordnung war. Das war das Problem. Tobin machte es einem so leicht, zu nehmen und zu nehmen und zu nehmen. Er gab alles und verlangte nichts.

„Es tut mir so leid." Sie schüttelte ihren Kopf an seiner Schulter und kämpfte gegen die Tränen an.

„Was tut dir leid?", flüsterte er. Die Wärme des Mannes war wie eine Droge, aber sie wusste, dass sie widerstehen musste. Sie musste es endlich laut aussprechen und die Dinge in Ordnung bringen.

„Mir tut alles leid", murmelte sie. Wahrhaft alles. „Dass du hierherkommen musstest, um mir zu helfen, für den Anfang."

Er lächelte und ihr Haar bewegte sich unter seiner Wange. „Du könntest in Timbuktu sein und ich würde zu dir kommen."

Er meinte es ernst. Gott, er meinte es wirklich ernst. Sie blinzelte und die ersten Tränen machten sich auf den Weg.

„Nicht nur das." Sie klammerte sich fester an sein T-Shirt. „Mir tut alles leid. Dass ich dir nicht geglaubt habe. Dass ich dich angeschrien habe. Dass ich all diese schrecklichen Dinge gesagt habe."

Er hielt inne und rieb dann mit dem Kinn über ihren Kopf. „Ich habe schon Schlimmeres gehört."

Er versuchte es mit einem kleinen Lächeln, aber er konnte sie nicht täuschen. Was könnte schlimmer sein als das, was sie zu ihm gesagt und ihm angetan hatte? All das und auch die Dinge, die sie nicht gesagt hatte. Wie *Es tut mir leid* und *Ich liebe dich* und *Ich hätte niemals an dir zweifeln dürfen.*

„Es tut mir leid. So, so leid." Sie wiederholte sich jetzt und war in einer Schlammlawine von Emotionen gefangen, die sie vor so langer Zeit weggesperrt hatte, dass sie fast vergessen hatte, dass sie noch da war. Bis Tobin alles zurückbrachte. Die Liebe, das Lachen, das Bedauern. Gott, so viel Reue. Wenn Sie doch nur zurückgehen und noch einmal von vorne anfangen könnte.

Sie schlang ihre Arme um seinen Hals und weinte so sehr, dass sie die Regenwolke draußen in den Schatten stellte. Die ganze Zeit über brabbelte sie vor sich hin. „Es tut mir leid, Tobin. Es tut mir so leid."

„Sch... ", flüsterte er und hielt sie fest.

Sie schüttelte den Kopf. Sechs Jahre lang hatte sie ihm diese Worte verwehrt. Es war an der Zeit, es wiedergutzumachen, oder zumindest damit anzufangen. Es wenigstens zu versuchen. Wenn sie doch nur etwas Mächtigeres als Worte finden könnte.

„Es ist in Ordnung." Er fuhr mit einer Hand über ihren Rücken.

Sie schüttelte den Kopf. „Es wird niemals in Ordnung sein."

„Doch, wenn du es zulässt."

Sie sah ihn an und ihre Kinnlade klappte leicht auf. Da war es wieder – eine dieser kleinen Tobin-Weisheiten, die aus dem Nichts auftauchten und sie völlig umwarfen.

Er schloss seine Hände um ihr Gesicht und schaute ihr in die Augen. „Es ist okay, Cara. Erlaube es."

War es wirklich so einfach?

Tiefblaue Augen versprachen ihr, dass es so war, auch wenn ihre Seele weiter mit dem Gedanken rang.

Er hob das Handtuch und tupfte ihre Wange ab. „Jetzt bist du schon wieder ganz nass."

Sie legte ihre Hände auf seine. „Du bist ein Prinz. Ein wahrer Prinz."

Er warf den Kopf zurück und lachte. „Kein Prinz."

„Ein Prinz. Ein Gentleman", beharrte sie.

Denn da stand sie nun und klammerte sich an Tobin wie ein Kind an einen Teddybären, während Tobin sich zurückhielt. Sie konnte spüren, dass er sich nach mehr als nur einer tröstenden

Umarmung sehnte. In ihrer ersten Nacht war es genauso gewesen. Ein dünner Strang Standhaftigkeit versuchte verzweifelt, die Bremse zu ziehen, während das Verlangen in Wellen von ihm ausstrahlte.

Sein Lächeln verblasste. „Ich habe es aufgegeben, Gentleman zu sein. Es lohnt sich einfach nicht."

Ihre Brust verengte sich, als sie die Wahrheit in diesen Worten hörte. Das Richtige zu tun, hatte ihm nur Nachteile eingebracht, wieder und wieder. Aber trotzdem gab er nicht auf. Das war es, was Tobin ausmachte: Äußerlich war er ein sanfter Teddybär und innerlich ein edler Ritter.

Sie schmiegte ihre Wange an seine und rieb sich an den Bartstoppeln.

„Mmmm." Ein glückliches Brummen erklang aus seiner Brust. „Schön."

Sehr schön, also machte sie noch ein wenig weiter. Sie lockerte sogar ihren Todesgriff an seinem T-Shirt und ließ ihre Hände über die wohltrainierten Muskelschichten auf seinem Rücken gleiten. Jetzt kam das glückliche Brummen von ihr. Sie rieb ihre Nase an seinem Ohr. Junge, roch er gut. Und Junge, fühlte es sich gut an, ihn wieder so nah bei sich zu haben.

„Nehmt euch in Acht, Mylady", flüsterte er. „Dort drinnen gibt es Drachen."

Ihr Herz klopfte heftiger. „Willst du, dass ich aufhöre?"

„Nur, wenn du aufhören willst."

Als würde das passieren.

Er schaute sie jetzt aufmerksam an, anders als sie ihn in Erinnerung hatte. Ein neuer und anderer Tobin. Verletzt, auch wenn er es nicht zugab. Misstrauisch. Sie hatte ihm das alles angetan.

Und vielleicht, nur vielleicht, konnte sie Teile davon wieder rückgängig machen.

Mit dem Fingerknöchel klopfte sie ganz sanft gegen seine Stirn. „Klopf klopf. Lass den anderen Tobin heraus."

Seine Augen waren geschlossen und sein ganzer Körper regungslos. Nur seine Lippen bewegten sich. „Welchen anderen Tobin?"

Den, der mich liebt, hätte sie fast gesagt, aber sie entschied sich dann für etwas Neutraleres. „Den, der genau weiß, wie er mich berühren muss."

Die Hand, die er an ihrer Brust liegengelassen hatte, zuckte, und in ihrem Kopf ertönte ein ganzer Jubelchor.

„Den, der mich küsst, wieder und immer wieder", flüsterte sie und ließ ihre Lippen über seinen Kiefer wandern.

Er schmiegte sein Kinn an das ihre. Es war ein langes, sinnliches Kratzen, das jeden Nerv in ihrem Körper zum Summen brachte. Seine Mauern fingen an zu bröckeln – und ihre auch. Das Bedauern war immer noch da, aber das brennende Bedürfnis nach mehr Hautkontakt schob es beiseite.

Sie knabberte knapp über dem Ohrläppchen an seinem Ohr. War das immer noch seine Lieblingsstelle?

Er neigte den Kopf und sein Mund öffnete sich zu einem leichten Seufzer der Lust.

Eine Spur glücklicher Fünkchen durchzuckte sie und entfachte den Wunsch nach mehr.

„Dich wo berühren?", flüsterte er.

Sie wackelte mit dem Hinterteil gegen seine Hand. „Hier", flüsterte sie. „Und dort", fügte sie hinzu und atmete so tief ein, dass ihre Brüste sich zu seiner Hand hoben.

Er strich mit der anderen Hand über ihren Hintern, dann wieder nach oben und zog sie näher an sich heran. Draußen prasselte der Regen heftiger, aber nichts konnte das Feuer in ihr löschen.

„Küss mich, Tobin", bettelte sie. Aber es war in Ordnung, denn sie hatte ihren Stolz schon lange hinuntergeschluckt.

Und es wurde auch Zeit. Stolz stand der Leidenschaft nur im Weg. Und ein Leben ohne Leidenschaft war wie ein Leben ohne Tobin: leer wie eine Wüste, statt so voll wie ein Dschungel, in dem es von Anblicken, Geräuschen und Empfindungen nur so wimmelte. Wie das Gefühl seines Herzens, das so nah an ihrem schlug.

Er neigte sein Gesicht näher und sie bettelte erneut.

„Küss mich, Tobin."

Der alte Tobin hätte gegluckst und gescherzt. Dieser Tobin war ernst. Sehnsüchtig. Sie konnte es in seinem Flüstern hören: „Wo?"

„Überall."

Kapitel 18

Tobin zwang sich, die Augen zu öffnen, um sich zu vergewissern, dass das alles echt war. Kein Traum, keine Fantasie, keine Erinnerung.

Es war real. So real, dass es wehtat. Ein Schmerz, von dem er sich wünschte, dass er nie enden würde. Cara wollte ihn. Sie brauchte ihn.

„Cara", flüsterte er und machte sich langsam auf den Weg zu *überall*, genau wie sie es wünschte.

Er senkte seine Lippen auf ihre herab und verweilte eine Weile dort, atmete ihr verschlucktes Stöhnen ein und genoss ihren süßen Cara-Duft. Er bemühte sich, sich nicht auch noch an ihr zu reiben. Stattdessen überließ er dies ihr, denn es war mehr als genug.

Cara schob ihre Finger in sein Haar und küsste ihn so heftig, dass seine Lunge brannte. Er versuchte, so zu tun, als hätte er alles im Griff, bis sie mit ihren Händen über seine Brust strich und sich seiner linken Brustwarze widmete. Es entfachte ein wahres Feuerwerk. Cara Leoni wieder in seinen Armen. Er versuchte, sie nicht zu fest an sich zu drücken, um den Zauber nicht zu brechen.

Sich zurückzuhalten, war jedoch ein aussichtsloser Kampf. Allmählich verlagerte er sein Gewicht, bis er sie gegen den Türrahmen drückte. Er presste seine Hüfte an ihre und Gott, er konnte es sich schon vorstellen. Die Tür würde nachgeben und sie würden hinauspurzeln. *Klatsch* – direkt in eine Schlammpfütze. Aber so wie die Dinge gerade liefen, würden sie wahrscheinlich nicht einmal innehalten. Sie würden sich einfach weiter küssen, berühren und wie zwei notgeile Schweine im Schlamm herumspritzen.

„Was ist denn so lustig?", murmelte Cara und bemerkte sein Glucksen.

„Ich kann mir schon vorstellen, wie diese Tür hinter dir nachgibt."

„Nun dann, es ist an der Zeit, die Plätze zu tauschen, Teufelskerl." Sie wirbelte mit einem Finger in der Luft herum.

Sie bewegte sich seitlich und er folgte ihr in einem langsamen, verführerischen Tanz. Als sie sich so weit gedreht hatten, dass er mit dem Rücken zur Tür stand, presste sie ihn gegen den Rahmen und küsste ihn.

Und küsste und küsste und heilige Scheiße – *küsste*. Er presste seine Hände auf ihren köstlichen Hintern und hielt sich fest. Ihre Hände waren überall und erforschten seinen Körper. Erinnerten sich. Hielten ihn. Sie wurde schneller, dann langsamer, so dass er jedes Zeitgefühl verlor. Jedes Gefühl für alles, denn es gab nur sie, wie sie erst langsam seinen Nacken kitzelte und ihm dann das T-Shirt halb herunterriss. Sie zog seine Shorts nach unten und griff nach seinem Schwanz.

Sie hörte auf, ihn zu küssen, und seine Lippen bewegten sich einen Moment lang in der Luft, weil er sie zurückhaben wollte.

„Cara", hauchte er und hielt dann inne. Ihr Blick war purer Schalk. Pures Verlangen.

Als sie vor ihm auf die Knie ging, sprang sein Herz halb aus seiner Brust.

„Großer Gott, Cara." Seine Stimme quietschte, als wäre er immer noch fünfzehn und würde Zeitschriften benutzen, um einen solchen Rausch zu erleben.

„Willst du es nicht?" Sie schaute mit strahlenden Augen zu ihm auf.

„Ich will, ich will." Es klang wie ein Knurren, aber er bekam es nicht besser heraus.

„Gut." Sie beugte sich vor. „Weil ich es auch will."

In dem Moment, als sie es aussprach, ging das *Wollen* in *Brauchen* über und sein Körper schrie nach mehr.

Ein Hauch von Luft, dann der sanfteste Kuss der Welt. Dann eine breitere, feuchtere Berührung, die nur ihre Zunge sein konnte.

Er ließ seinen Kopf mit einem dumpfen Schlag gegen die Tür fallen und fuhr mit den Fingern durch ihr seidiges Haar.

„Cara", stöhnte er und gab jeglichen Anschein auf, sich im Griff zu haben. Nicht, wenn Cara ihn so verwöhnte. Sie spielte mit der Spitze seines Schaftes und saugte ihn dann tief, tiefer – heilige Scheiße-tief hinein.

In dem Moment hätte sie alles sagen können. *Tobin falle auf die Knie und belle wie ein Hund. Tobin gehe zum Bett und lass dich von mir fesseln.* Er würde es sofort tun. Alles für sie und für dieses Stückchen Himmel, von dem er gedacht hatte, dass er es nie wieder erleben würde.

Sie schnappte nach Luft und murmelte. „Oh ja", bevor sie die Lippen wieder um ihn schloss.

Dann war er es, der *Oh ja* stöhnte, während sie ihn mit ihren perfekten Lippen und ihrer Zunge verwöhnte. Was ihr Mund nicht erreichen konnte, machten ihre Finger wett, indem sie ihn umkreisten und dann in einem perfekten Wechselspiel von *ein wenig zu fest* und *mehr, bitte mehr* zusammenpressten. Vielleicht sagte er das auch ein oder zwei Mal laut.

Er verdrehte die Augen und konnte in seinem benebelten Zustand nur einen Gedanken fassen. Cara in dem Moment, in dem es ihm gelang, sich zusammenzureißen, genauso zum Fliegen zu bringen, wie sie es jetzt mit ihm tat, und das stundenlang. Er würde sie so lange aufsteigen lassen, bis sie die Namen all der Heiligen wimmerte, die ihre Eltern sie in der Sonntagsschule auswendig lernen ließen – die, an die sie sich in einem solchen Moment wirklich nicht erinnern sollte. Dann würde er sich in sie stürzen und sie dazu bringen, zum Himmel zu singen, während er beendete, was sie begonnen hatte. Dann würden sie schwitzend und keuchend nebeneinanderliegen und *Halleluja* und *Amen* murmeln.

Aber in diesem Moment war er derjenige, der das alles tat. Er wippte auf seinen Fersen und gab damit einen Rhythmus vor, den Cara aufgriff. Sie schloss beide Hände um seine Hüfte, zog in enger an sich und trieb ihn einem totalen Zusammenbruch so viel näher, als er es jemals gewesen war.

Aber er würde ganz sicher nicht im Mund seiner italienischen Prinzessin kommen, also riss er sie auf die Beine und presste seine Lippen auf ihre. Ein bisschen härter, als er es beabsichtigt hatte, aber es schien Cara zu gefallen. Sie schmeckte nach … nach ihm und das löste ein rohes, animalisches Verlangen in ihm aus.

„Fuck, Cara."

„Oh, dazu kommen wir noch", sagte sie und sah viel zu zufrieden für eine Frau aus, die ihren Anteil noch nicht bekommen hatte. „Ich verspreche dir, dass wir dazu noch kommen werden. Aber jetzt beenden wir das hier erst einmal."

Das hier bedeutete, dass sie seine Hand zu seinem Schwanz hinunterzog, um ihn gemeinsam zum Höhepunkt zu bringen. Ihre Hand hätte sich unter seiner winzig anfühlen sollen, aber sie hatte die ganze Macht. Sie beobachtete sein Gesicht aus wenigen Zentimetern Entfernung, als er immer härter und schneller in ihre Hand stieß.

Lass sie zusehen. Lass sie zuhören. Wenn sie auch nur einen winzigen Bruchteil seines Rausches mitbekam, wäre alles in Ordnung.

Er hörte sie kichern und dann in sein Ohr raunen: „Hab ich dich, Teufelskerl."

„Du hattest mich von An–"

Von Anfang an, wollte er sagen, aber er wurde von einem Tsunami unterbrochen, der ihn heiß und hart in ihrer Hand kommen ließ. Sie lockte jeden letzten Tropfen aus ihm heraus, während er erschauderte und stöhnte, bis er schließlich erschlaffte.

Cara wischte das Handtuch über sie beide, strich mit einer Hand über seine Brust und kicherte.

„Hab ich dich, Teufelskerl."

Kapitel 19

Cara grub ihre Nase in die Vertiefung von Tobins Schlüsselbein und atmete seinen Duft, als er langsam von seinem Hochgefühl herunterkam.

Er. Tobin.

Ihrer.

Sie schmiegte sich enger an ihn und war immer noch nicht ganz bereit, ihm in die Augen zu schauen. Woher der Blow Job gekommen war, wusste sie nicht. Vielleicht war es der Dschungel, der dieses ursprüngliche Bedürfnis in ihr geweckt hatte. Vielleicht war es die Folge davon, dass sie sich in den letzten Tagen – oder sogar an den letzten Jahren – so gefangen und allein gefühlt hatte.

Oder vielleicht war es die Macht zweier lang vermisster Seelenverwandter, die endlich wiedervereint waren.

Wie sie ihn jemals hatte gehen lassen oder an ihm hatte zweifeln können, wusste sie nicht. In diesem Moment verspürte sie nichts als das treibende Bedürfnis, sich festzuhalten und nie wieder loszulassen.

Also tat sie es nicht, auch nicht, als er sich vorbeugte und krümmte und sie an seine Brust zog. Sie ließ nicht los, als er sie zum Bett trug und erst recht nicht, als er sie mit dem Rücken auf die Matratze legte. Wo immer er hinging, ging auch sie.

Was zu einem kurzen Ringen mit dem Moskitonetz und ihren letzten Klamotten führte, sowie zu einem verzweifelten Wühlen in seiner Tasche auf der Suche nach einem Kondom. Aber auch das taten sie gemeinsam. Sie hielt die Tasche auf, während er darin suchte.

„Ich wette, Tarzan hatte nie solche Momente", sagte er stirnrunzelnd.

Sie schnaubte. „Das bezweifle ich nicht. Diese Jane war prüde."

„Ich habe Mitleid mit ihm. Es ist ja nicht so, dass er eine große Wahl gehabt hätte."

Sie strahlte ein wenig. Gott wusste, Tobin hatte jede mögliche Wahl auf der Welt, aber er wollte sie. Sie!

Er erhob sich über ihren Körper und legte das Kondom neben das Kissen. „Ich, Tobin. Du, Cara."

„Dann zeig mir mal, was du drauf hast, Teufelskerl." Sie behielt ihre Stimme spielerisch, anstatt mit der unzensierten Version in ihrem Kopf herauszuplatzen. *Ja, zeig es mir. Zeig es mir hart und schnell und tief.*

Ja, ihre innere Höhlenfrau hatte definitiv die Oberhand gewonnen. Und Gott fühlte sich das gut an.

„Sei vorsichtig, was du dir wünschst, meine Prinzessin."

„Worauf wartest du, mein edler Ritter?"

Er spitzte die Lippen. „Ich überlege gerade, wo ich anfangen soll. Hier?" Er strich mit einem Finger über den Saum ihrer Lippen. „Oder vielleicht hier?" Er geisterte mit der Hand über die linke Seite ihres Oberkörpers und schwebte nur einen Millimeter über ihre Haut.

Sie schummelte, holte tief Luft und presste ihre Brust dabei in seine Handfläche. Ihm einen runterzuholen, hatte sie mehr als erregt und ihr Körper bettelte nun um Erlösung.

Er gluckste, machte aber weiter. „Oder vielleicht hier." Seine Stimme sank eine Oktave tiefer, als er mit den Fingern über ihren Venushügel wanderte.

„Überall", flüsterte sie und krümmte sich ihm entgegen.

Flammen züngelten durch ihren Körper und schossen in alle Richtungen, bevor sie sich zu einem einzigen rasenden Feuerball in ihrem Inneren vereinigten. Sie wand sich jetzt unter ihm, spreizte ihre Beine und lud ihn in ihr Inneres ein.

„Tobin. . . "

„So ungeduldig. Weißt du denn nicht, dass wir die ganze Nacht Zeit haben?"

Das Tier in ihr hätte fast gejault, aber Tobin übertönte es mit einem Kuss. Seine Lippen bewegten sich sanft über ihren.

Mit der Hand spielte er mit ihrer Brust, griff nach dem weichen Fleisch, während er mit dem Daumen über die Brustwarze strich, bis sie hart wurde. So berauscht, so wild und so ... elektrisiert hatte sie sich seit Jahren nicht gefühlt.

Etwas zwischen einem Quietschen und einem Stöhnen drang über ihre Lippen. „Oh, das fühlt sich gut an." Er ließ seine Hand tiefer wandern und schob sie zwischen ihre Beine, um zwischen ihre Schamlippen zu gleiten.

Sie murmelte etwas, das nur undeutlich und leise herauskam.

„Das gefällt dir." Seine Mundwinkel zuckten nach oben.

Ja, sie war dabei, den Verstand zu verlieren, aber wenigstens hatte sie die Genugtuung zu hören, wie seine Stimme ebenfalls heiser und tief wurde.

„Dir gefällt es auch", brachte sie hervor. Kurz bevor er einen Finger in sie schob und alles in ihr zum Singen brachte.

„Das tut es." Er ließ ein verruchtes Lächeln aufblitzen und schob einen zweiten Finger hinein. Er bewegte sie in weiten, feuchten Kreisen hinein und herum.

„Tobin", stöhnte sie und war sich nicht wirklich sicher, was sie sagen wollte.

„Cara." Seine Augen verdunkelten sich mit unverhülltem Verlangen.

Seine Finger glitten tiefer, schneller und näherten sich der Stelle, die sie um den Verstand bringen würde.

„Tob–"

So viel brachte sie noch heraus, bevor er mit den Zähnen über ihre Brustwarze kratzte und schon flog sie auf einer Welle, die ihr ganzes Inneres mitzureißen schien. Als würde sie von einem Surfbrett fallen und in der schäumenden Wassermasse herumwirbeln. Nur besser. Viel, viel besser. Sie erbebte mit einem Orgasmus, der immer weiter und weiter ging, bis das Tosen in ihren Ohren zu einem leisen Flüstern der Wellen an einem Strand abklang.

Sie schluckte ein paarmal, denn so heftig und so intensiv war sie schon lange nicht mehr gekommen ... nicht seit... Nun, seit sehr langer Zeit.

Tobin hauchte kleine Schmetterlingsküsse über ihre Brust. Als sie ein Auge öffnete, lächelte er.

„Das gefällt dir." Allein der Klang seiner Stimme ließ ihre Glieder weich werden.

„Ich liebe es."

Ich liebe dich, hätte sie fast gesagt. Gut, dass sie immer noch um Atem rang.

Regen prasselte auf das Dach und im Bungalow war es schummrig. Die Dämmerung war in Windeseile hereingebrochen. Der Dschungel erwachte mit einem tausendfachen Quietschen, Kreischen und Zirpen zum Leben. Eine weitere Minute verging in glückseliger, entspannter Versunkenheit und hätte sein Schwanz nicht gegen ihre Hüfte gestoßen, hätte sie vielleicht noch eine Stunde so daliegen können. Aber Tobins Berührung war wie ein AN-Schalter und schon war sie bereit für mehr.

Sie richtete sich auf, suchte zwischen den Kissen nach dem Kondom und riss die Verpackung dann mit den Zähnen auf.

Tobins Augen leuchteten und dann zwinkerte er.

„Ein bisschen hungrig, was?"

Cara schubste ihn zurück auf die Matratze. Sie würde ihm zeigen, wie hungrig sie war.

„Ausgehungert." Nicht nur nach Sex. Sie war ausgehungert nach *ihm.*

Sein Schwanz zuckte, als sie ihn berührte. Dann pulsierte er, als sie das Kondom langsam abrollte und jeden harten Zentimeter genoss. Es fühlte sich jedoch auch seltsam an, denn als sie sich verlobt hatten, waren sie von Kondomen auf die Pille umgestiegen, weil sie nicht wollten, dass auch nur eine einzige Schicht sie trennte.

Jetzt war diese Schicht wieder da. Diese Trennung. Sie blinzelte und schluckte den Kloß in ihrem Hals hinunter. Sie wollte diesen Zauber nicht durch Reue ruinieren, also strich sie mit ihrer Hand über sein hartes Glied und setzte sich dann mit gespreizten Beinen über ihn. Schnell, bevor sie es sich anders überlegen konnte.

Sie beugte sich hinunter, saugte seine Unterlippe zwischen ihre und bewegte sie hin und her. Ein Trick, den sie von ihm gelernt hatte, den während er davon abgelenkt war, zog sie seine Arme in die Höhe. Dann lehnte sie sich zurück, um die Aussicht zu genießen, während sie seine Arme über seinem Kopf festhielt.

Tobin Whitman Cooper, Ski-Adonis, Surfgott und Teilzeit-Dschungelforscher, streckte sich unter ihr aus wie ein Hauptgewinn. Er grinste wie ein Idiot, so als stünde er auf der Spitze eines Berges aus frischem Pulverschnee und sei bereit für die Abfahrt seines Lebens.

Er machte eine Show daraus, sich zu befreien, aber als sie sich Zentimeter für Zentimeter auf ihn herabsenkte, gab er die Scharade auf und hielt ganz still. Er schaute ihr die ganze Zeit durchdringend in die Augen, selbst als seine Augenlider auf halbmast fielen. Er befreite seine Hände und umklammerte ihre Hüfte, während sie ihn wie ein Pony ritt und mit jedem verzweifelten Atemzug wippte.

Er zuckte unter ihr und sie bewegten sich im perfekten Takt, als sie sich zurücklehnte, um ihn tiefer aufzunehmen. Noch tiefer. Sie presste ihre Hände auf seine Oberschenkel, als das Spiel ausgelassener wurde, um den Winkel nur noch zu verbessern. Dann wurde aus dem Pony ein Hengst und sie klammerte sich in einem wilden Ritt an ihn, zitterte und schrie nach Erlösung.

Aber die Erlösung kam nicht. Sie kam immer näher und näher, um dann irgendwie den Halt zu verlieren. Und Tobin wich jedes Mal zurück.

„Tobin", flehte sie.

„Nur noch eine Sekunde", hauchte Tobin.

Ausdauer. Keine gute Sache.

„Nein, Tobin, jetzt. Bitte."

Sein Mundwinkel zuckte und dann drehte er sie mit einer schnellen geschmeidigen Bewegung, um ihre Positionen umzukehren. Sie lag ausgestreckt unter ihm, die Arme nach oben ausgestreckt, und er war derjenige, der sich zwischen ihren Beinen niederließ.

„Ja", stöhnte sie. „Ja."

Sie waren sich jetzt näher, so nah, und ihr Körper schrie nach mehr. Aber Tobin zog es in die Länge, dieses Biest. Zuerst reizte er ihre Schamlippen mit seinem Schwanz. Dann stieß er in sie hinein, nur um sich wieder zurückzuziehen.

„Tobin, bitte. . . "

Er glitt tief in sie hinein und sandte ein Zucken durch ihren Körper. Sein Winkel war perfekt, der Druck auf ihren G-Punkt genau die richtige Mischung aus sanft und hart. Ein langsames Herausgleiten, ein köstlich hartes Zurückstoßen. Als er anfing, sich zu bewegen, gab sie sich dem Rausch der Lust mit einem heulenden Schrei hin. Selbst Tobin schien den Verstand zu verlieren, denn sein Rhythmus hüpfte und sprang, als könnte er sich nicht entscheiden, ob er schnell oder langsam machen sollte.

Dann zischte er, stöhnte ihren Namen und kam mit einer Reihe von harten Stößen in ihr zum Höhepunkt. Sie erschauderte eine Sekunde später und zitterte von den Nachbeben, die immer weiter anhielten. Bis zu dem Zeitpunkt, an dem sie die Augen aufriss und den Ausdruck auf Tobins Gesicht bemerkte.

Seine Augen waren geschlossen, sein Mund leicht geöffnet. Das Kinn nach oben angewinkelt und der Kopf zurückgeworfen. Er ritt die letzte Energie dieser Welle. Ihr Kopf schwirrte ein wenig, denn Tobin Cooper, der souveränste Kerl im Nordosten, war im Begriff den Verstand zu verlieren. Mit ihr. Nicht nur mit irgendjemandem. Nur mit ihr.

Er schluckte hart, öffnete die Augen und zog sie in den Bann dieses vielversprechenden blauen Horizonts. Dann beugte er sich vorsichtig über sie und ließ sein Gewicht wie die kuscheligste Decke der Welt auf sie sinken. Das Bett, das ihr vorher unvorstellbar klein erschienen war, war jetzt genau richtig. Sie lag vollkommen still und war vollkommen glücklich.

„Wow, Cara."

Ja, das half auch.

„Das kannst du laut sagen." Er lächelte an ihrem Hals und murmelte es noch einmal. „Cara."

Kein Zentimeter trennte sie. Tobin war so nah, wie es nur möglich war. Sie seufzte so tief, dass ihre Brust seinen Körper auf und ab hob.

Und wie er gesagt hatte, gehörte ihnen die ganze Nacht.

Kapitel 20

„Cara." Tobin berührte ihre Lippen mit seinen, aber sie rührte sich nicht.

Die Hähne krähten, ein Hund bellte und ein paar Kinder flüsterten draußen. Das Dorf wachte auf, obwohl es noch nicht ganz dämmerte.

Die Dämmerung am Freitag. Darüber musste er lächeln. Der Dschungel hatte Cara und ihr New Yorker Zeitgefühl endlich besiegt. Das oder ihre nächtlichen Eskapaden hatten sie endgültig erschöpft.

Der Gedanke hätte sein Lächeln breiter werden lassen sollen, aber er schluckte nur. Es war wie an ihrem allerersten Morgen in der Ski-Hütte. Er hatte Angst gehabt, dass sie aufwachen und merken würde, was für eine verrückte Sache sie getan hatte. Dass sie schüchtern zur Tür hinaus verschwinden würde. Denn Cara war nicht der Typ, bei dem so etwas schnell und einfach ging. Das war ihm sofort klar gewesen, als sie sich kennengelernt hatten. Die Funken hatten gesprüht und sie hatte alles versucht, um zu widerstehen. Er auch, denn er hatte sich versprochen, für diese Frau alles richtig zu machen. Zum Beispiel, es langsam anzugehen – wirklich langsam – und dafür zu sorgen, dass sie wusste, dass sie mehr für ihn war als irgendein Ski-Häschen auf irgendeiner Piste.

Aber es war damals unmöglich gewesen, zu widerstehen, genauso wie es gestern Abend unmöglich gewesen war.

Es wäre so einfach, jetzt wieder anzufangen. Er könnte ihre Lippen küssen oder mit einer Hand über ihre Rippen streichen. Er könnte ihre Präsentation vergessen – tatsächlich könnte er in den nächsten Tagen alles vergessen. Einfach leben. Lieben. Genießen.

Und fast hätte er das auch getan. Denn bis Sonntag im Regenwald zu bleiben, war viel verlockender, als auf den Flügeln seines verrückten Plans davonzuschweben.

Aber er musste sein Versprechen halten. Für sie und für sich selbst.

„Cara", flüsterte er und rüttelte an ihrer Schulter.

Sie murmelte und rollte sich an seine Brust. Er erstarrte in Runde zwei eines stillen inneren Kampfes von Schwanz gegen Verstand.

„Cara, wir müssen aufstehen." Er schob sie sanft von seiner Seite. „Heute ist der große Tag."

„Welcher Tag?", murmelte sie.

„Freitag. Du musst eine Präsentation halten."

Sie blinzelte. *Präsentation? Welche Präsentation?*

„Komm schon, Dornröschen. Wir haben eine Flucht vor uns, weißt du."

Sie setzte sich auf und starrte ihn an. „Du meinst es ernst."

Er nickte. „Natürlich meine ich es ernst." Es würde ihn vielleicht umbringen, sie am Ende des Tages gehenzulassen, aber ja, er meinte es ernst. Er würde tun, was er versprochen hatte.

Sie zogen sich schnell an und gingen dann in einem quälend langsamen Tempo hinaus. Wenn die Dorfbewohner ihnen jetzt auf die Schliche kämen, wären sie aufgeschmissen.

Also lächelte Tobin, spielte mit den Kindern, leckte sich beim Frühstück die Lippen und tat so, als würde er sich um nichts auf der Welt sorgen. Cara tat es ihm gleich. Sie war ein echter Champion darin, locker zu wirken. Als er seinen Rucksack packte, ließ er ein paar Dinge zurück, damit es so aussah, als würden sie bald wiederkommen. Und dann machten sie sich auf den Weg zum Dschungelpfad.

„Warten Sie!" Rodrigos Stimme schoss wie ein Gewehr hinter ihnen her. „Wo wollen Sie denn hin?"

„Zur Oberkante des Wasserfalls, genau wie Sie gesagt haben. Auf der Suche nach Schmetterlingen", sagte er. Vögel, Schmetterlinge, Elefanten. Was auch immer.

„Warten Sie, Sie brauchen einen Führer!"

„Ich kenne den Weg", rief Cara und es kam genau richtig rüber. Nicht hastig, einfach nett und entspannt.

Trotzdem stellte sich Rodrigo mit finsterem Blick in ihren Weg und sie hatten keine andere Wahl, als zu warten.

Ein Schmetterling flatterte über sie hinweg, aber Tobin beachtete ihn kaum. Er konzentrierte sich voll und ganz auf das, was passieren würde, wenn sie den Wasserfall erreichten. Es war die langsamste Minute seines Lebens, denn er musste einen Termin einhalten.

Schließlich kamen ihre Führer herbeigejoggt, jeder für einen Tag im Dschungel bereit. Sie trugen die übliche Ausrüstung: Lendenschurz, Blasrohr und sonst nichts. Cara warf ihm einen besorgten Blick zu, aber er schüttelte nur den Kopf. Er hatte sie schon eingeplant. Tatsächlich war er den genauen Ablauf der Ereignisse schon hundertmal in seinem Kopf durchgegangen. Die Führer würden ihnen nicht folgen – jedenfalls nicht auf dem Weg, den er zu nehmen gedachte.

Er wollte gerade auf den Pfad treten und losgehen – endlich –, als das Gebüsch auf der anderen Seite des Dorfs raschelte. So stark und laut, dass die Vorstellung eines Elefanten vielleicht doch gar nicht so verrückt klang.

Dann teilte sich das Gebüsch und sechs Männer tauchten auf.

„*Buenos Días*", sagte der erste Kerl.

Für den Bruchteil einer Sekunde wurde es im ganzen Dorf still. Dann zerstreuten sich alle – die Frauen schnappten sich ihre Kinder und brachten sie außer Sichtweite. Die Mädchen zuerst. Dann die Jungen. Die Männer sprangen auf und umrundeten die Neuankömmlinge wie knurrende Hunde.

„Alfonso", flüsterte Cara mit zittriger Stimme.

„Alfonso", spie Rodrigo und seine bronzene Haut färbte sich rot.

„Alfonso und Gefolgschaft." Tobins Gedanken überschlugen sich, als er versuchte, in die Gänge zu kommen.

Denn am Eingang des Dorfes stand nicht nur ein einziger zwielichtiger Drogenkurier, sondern gleich sechs. Sechs schmutzige Männer mit rostigen Gewehren und zerzaustem Haar. Ihr Anführer, ein bärtiger Latino, hob seine Mütze und grinste fies.

„*Amigos!*", verkündete er zu niemandem speziell.

Alle Dorfbewohner senkten die Blicke und ballten die Fäuste.

Kapitel 21

Im Dorf herrschte Totenstille. Selbst die Hähne krähten nicht. Etwas zupfte an Caras T-Shirt und sie drehte sich um.

Ein kleiner Junge stand hinter ihr, zerrte an dem Stoff und winkte sie in die Richtung des Wasserfallpfades. Es war einer der kleinen Jungen, die am Vortag bereits mit ihnen gewandert waren. Mit den Augen machte er eindringliche Zeichen in die Richtung des Weges.

Lass uns gehen. Auf geht's. Jetzt.

Und verdammt. Es klang nach einem guten Plan.

Sie griff nach Tobins Hand und drückte sie, bis er sich umdrehte. Seine Lippen waren zu einem grimmigen Ausdruck verzogen und die Stirn gerunzelt. Cara wurde blass, denn Tobin stand nicht für Stirnrunzeln und Grimmigkeit. Tobin war locker und entspannt.

Tobin versuchte, es sich nicht anmerken zu lassen, aber er hatte Angst.

Die Drogenkuriere stürmten mit überheblicher Arroganz ins Dorf. Ein großer Mann führte sie an, der nach einem Hund trat, bevor er sich auf den für den Häuptling reservierten Hocker fallen ließ. Cara bekam eine Gänsehaut. Wenn Tobin allein da wäre, würde er einen Weg finden, die Gefahr zu zerstreuen. Er würde Fußballergebnisse austauschen, ein paar Witze reißen und ihr Angebot, etwas Gras zu rauchen, taktvoll ablehnen. Denn ein Gringo in einem Regenwald könnte sich durchaus mit einer Bande von Drogenkurieren anfreunden. Eine *Gringa* hingegen...

Der Blick des Anführers schweifte durchs Dorf und blieb direkt auf ihr hängen. Tatsächlich starrte er sie an. Seine Augen wanderten hinunter, dann nach oben und verweilten auf ihren Brüsten. Ein breites Grinsen huschte über sein Gesicht.

Das Blut gefror in ihren Adern – ein Gefühl, das ein Dschungeltier bekommen musste, wenn es in den Lauf eines Blasrohrs starrte.

Alfonso trat an die Seite des Anführers und machte eine Geste in Richtung Cara. Alle sechs Männer schauten in ihre Richtung. Sie ließen ihre Gewehre sinken und vergaßen sie für einen Moment.

Einer von ihnen murmelte etwas zu Lefebvre, der mit einem desinteressierten Abwinken antwortete, das zu sagen schien: *Nehmt sie euch. Es ist mir völlig egal.* Oder vielleicht: *Bringt diesen Gringos bei, nicht so weit vom Weg abzukommen.* Tobin stellte sich vor sie und versperrte ihnen die Sicht. Dann fing er an, rückwärts zu gehen, und murmelte aus dem Mundwinkel.

„Lass uns gehen."

Wäre seine Stimme die Saite einer Gitarre gewesen, würde sie zu zerreißen drohen.

Sie wandte sich dem Weg zu und machte ein paar langsame Schritte. Tobin blieb hinter ihr und tastete sich bei jedem Schritt rückwärts weiter.

Ein Tumult brach aus – dem Klang der alten, brüchigen Stimme nach zu urteilen, schnitt der Häuptling den Männern den Weg ab – und Tobin stieß gegen ihre Schulter.

„Los! Lauf!"

Sie fing an zu joggen und rannte dann los. Um die Kurve und den Weg hinunter, während der kleine Junge an ihrer Seite nur so dahinflog.

Die Führer folgten ihnen ebenfalls und wechselten eindringliche Worte miteinander.

Cara hatte große Not, den Pfad hinunterzulaufen. Ein falscher Schritt und eine Baumwurzel würde sie zu Fall bringen oder eine Ranke würde nach ihrem T-Shirt greifen.

Dem Geräusch seiner Schritte nach zu urteilen, verlangsamte Tobin seinen Lauf, um sich umzusehen, bevor er sich beeilte, sie wieder einzuholen.

„Folgen sie uns?", rief sie über ihre Schulter.

„Noch nicht."

Noch nicht?

Sie stürzte weiter und fragte sich, was im Dorf vorging. Die Drogenkuriere sahen überrascht aus, sie dort zu sehen, so als hätten sie Alfonso nicht geglaubt. Wahrscheinlich waren sie ins Dorf gekommen, um ein paar kostenlose Mahlzeiten aus Leuten herauszuquetschen, die es sich nicht leisten konnten, dem scharfen Ende einer Waffe zu widersprechen. Vielleicht suchten sie nach Ärger oder nach dem, was sie Spaß nennen würden.

Spaß. Sie erschauderte bei dem Gedanken, was ihre Version davon sein könnte und wie sie sie darin einbeziehen wollten.

„Schneller!", drängte Tobin.

Sie sprintete den schmalen Pfad hinunter und schlug dabei gegen übergroße Blätter. Ihr Atem kam in schweren Stößen, aber sie rannte weiter und wünschte sich, sie hätte bei ihren morgendlichen Läufen in Panama-Stadt ein wenig Sprinttraining eingebaut.

Sie rannte weiter und weiter. Der Regenwald wurde zu einem verschwommenen Mix aus Grün, Braun und erdigem Schwarz. Das Geräusch seiner Bewohner schien eindringlicher denn je. Doch allmählich stieg das Rauschen des entfernten Flusses zu einem Tosen an.

Ein Tosen, das durch den schrillen Schrei von einem der beiden Führer unterbrochen wurde, als Cara um eine Ecke flog und am Rande einer Klippe rutschend zum Stehen kam. Eine Klippe, die sich an der Seite eines Wasserfalls auftat. Sie fuchtelte wild mit den Händen und kippte über den Rand.

Kippte und kippte...

Ihr Verstand verarbeitete alles in Zeitlupe. Das Durcheinander des blaugrünen Dschungels, das sich rundherum erstreckte. Der Abhang des Flusstals unter ihr. Das kühle Rauschen des Flusses zu ihrer Rechten, wo er über eine Felskante hinweg ins Nichts hinabstürzte. Der Raum unter ihren Zehen war erschreckend leer und es gab nichts als dünne Luft.

Sie hatte gerade noch genug Zeit, um im Geiste ein Bild zu schießen und eine Bildunterschrift darunterzukritzeln. *Das Ende.*

Dann wurde sie mit einem Ruck nach hinten gerissen und ein starker Arm schlang sich um ihre Taille.

„Oha", murmelte Tobin, zog sie vom Abgrund zurück und presste sie gegen seine bebende Brust. Er schloss seine Arme um sie und sie versteckte sich in der Höhle, die er dazwischen für sie geschaffen hatte. Sie versuchte, ihr Herz wieder in Einklang mit ihrer Lunge zu bringen.

Ein tiefer Atemzug, direkt an seinem Hemd, half ihren zitternden Nerven, sich langsam zu beruhigen. Sie starrte in den Abgrund und dann auf Tobin. Sie standen neben der ersten Stufe des Wasserfalls – einer steilen Klippe, über die sie beinahe gestürzt wäre.

„Erinnere mich daran, dich irgendwann auch einmal zu retten, Teufelskerl. Ich schulde dir etwas." *Schon wieder.*

Seine Augen trübten sich leicht, bevor er sie in eine weitere Umarmung zog. „Du musst aufhören, meinem Plan vorzugreifen." Dann hielt er inne, als wollte er eine Art Protest hervorbringen. So etwas wie, *Plan? Tobin Cooper hat einen Plan? Seit wann das denn?*

Sie konnte die abweisenden Stimmen seiner und ihrer Eltern praktisch hören. Sie und all die anderen, die Tobin über die Jahre hinweg unterschätzt hatten.

Sie drückte ihn noch fester an sich und zwang ihre Gedanken in seinen Geist. Er war Tobin – ihr Tobin. Natürlich hatte er einen Plan.

„Stimmt", sagte sie und ließ ihn los. „Wo lang?"

Er blinzelte und holte tief Luft.

„In diese Richtung", flüsterte er. Doch außer seinen Lippen bewegte sich nichts.

Ein Lächeln formte sich auf ihrem Mund, ihren Wangen, in ihrer ganzen Seele. Sie flüsterte zurück. „Ich bin an deiner Seite, *mi Marido*. Bis zum Ende."

Seine Augen leuchteten ein wenig, aber er sagte kein Wort. Er drückte lediglich ihre Hand etwas fester und deutete nach rechts. „Hier entlang." Sie kämpften sich bergab und rutschten auf einem schlammigen Pfad neben dem Wasserfall hinunter. Dann wurde der Hang flacher und sie kamen auf eine Lichtung. Tobin umrundete ein schäumendes Wasserbecken und watete durch knöcheltiefes Wasser bis zum Rand einer weiteren Klippe.

Die Sonne strahlte wie ein Scheinwerfer auf ihren Weg, als sie mit Tobin an der Kante der Klippe ankam. Sie befanden sich am Rand der dritten Stufe der Wasserfälle. Vor ihr lag eine gewaltige Aussicht, die einem Konquistador würdig war. Sie konnte sich vorstellen, wie Männer wie Balboa dort gestanden hatten, schwitzten und sich fragten, ob der Dschungel jemals enden würde. Die neue Brücke war ein grauer Streifen zu ihrer Linken und der Fluss eine silbern glänzende Linie, die von Brauntönen der Schlucht gesäumt wurde.

Sie schaute nach oben und auf den Weg, den sie gekommen waren. Zwei Stufen des Wasserfalls erstreckten sich bereits über ihnen. Die dritte befand sich vor ihr, wo eine weitere Klippe abfiel, die von einer sprudelnden Wassermasse durchströmt wurde. Am Grund befand sich das Becken, in dem sie am Vortag geschwommen waren.

Sie schaute hinunter auf den sehr, sehr tiefen Abfall dieser letzten Stufe des Wasserfalls.

„Ähm, Tobin? Was genau ist der Plan?"

Kapitel 22

Tobin beugte sich vor und schaute nach unten.

Nach weit unten. Über einen tosenden Wasserfall, der in ein smaragdgrünes Becken stürzte.

Ein verdammt langer Weg nach unten.

Der Abgrund sah sogar noch tiefer aus als von unten. Von unten wirkte das Becken größer und der Wasserfall hatte kürzer ausgesehen. Jetzt war es genau andersherum. Der See am Grund sah wie ein Kinderbecken aus und die Höhe schien über Nacht um ein paar Stockwerke gewachsen zu sein.

Cara drückte seine Hand. „Ähm, Tobin?"

Er konnte sich nicht dazu durchringen, es zu sagen. Das brauchte er auch nicht, denn eine halbe Sekunde später holte Cara scharf Luft und verkrampfte sich am ganzen Körper. Sie hatte seinen Plan soeben durchschaut.

„Ähm... Bist du sicher?"

Er schob seinen Kiefer erst nach links und dann nach rechts, ohne zu antworten. Gestern war er sich noch sicher gewesen. Heute Morgen war er sich auch noch sicher gewesen. Jetzt hatte er das Gefühl, dass er lieber auf die Suche nach Schmetterlingen gehen wollte, als diesen verrückten Plan durchzuziehen. Er würde nicht einmal weit gehen müssen, um welche zu finden, denn in seinem Bauch flatterte bereits ein ganzer Schwarm davon.

Er stieß einen langsamen Atemzug aus und ging seinen Plan im Geiste durch. Er hatte das untere Becken sorgfältig untersucht. Es war tief und frei von vorspringenden Felsen. Also ja, er war sich ... irgendwie sicher.

Cara zog ihn zurück. „Wir müssen das nicht machen. So wichtig ist es nicht..."

Die Worte lösen etwas aus, denn plötzlich schien es entscheidend zu sein, dass er jetzt keinen Rückzieher machte.

Er schlang seine Finger fester um ihre. „Wir schaffen das." Es war ein Flüstern und kaum lauter als das Tosen des Wassers.

Ihre Augen waren riesengroß und ihre Lippen bebten.

„Wir schaffen das", wiederholte er mehr zu sich selbst als zu Cara.

Einer der Führer grunzte hinter ihm und obwohl Tobin die Sprache nicht beherrschte, wusste er genau, was es bedeutete. *Hey, Mister, gehen Sie nicht zu nah an den Rand.*

Er blickte nach unten und schluckte. *Vielleicht müssen wir es wirklich nicht tun,* warf sein Magen ein.

Ein Schrei ertönte und ließ ihn herumwirbeln. Der Ruf war auf Spanisch, nicht in der kehligen Landessprache.

Er erhaschte einen Blick auf einen Dschungeltarnanzug und dann auf den Schimmer eines Gewehres.

„Oh Gott", murmelte Cara. „Sie sind hier."

Sein Herz schlug höher und, dem Druck in seiner Brust nach zu urteilen, bis in den roten Bereich. Die Drogenkuriere kamen näher.

„Wir müssen es tun", sagte er und wandte sich wieder der Klippe zu.

Er rutschte vorwärts, bis seine Zehen über die Kante ragten, obwohl er sein Gewicht noch nach hinten lehnte. Cara trat neben ihn und verschränkte ihre Finger in seinen.

„Wir müssen nur sicherstellen, dass wir weit genug hinausspringen", murmelte er.

Der Führer rief erneut und klang noch besorgter. *Hey, Gringo! Pass auf, dass du und deine Frau nicht direkt über die Kante fallen!*

Die Drogenkuriere schrien ebenfalls. „*Alla! Alla!*"

Dort drüben! Sie sind dort drüben!

Tobin zog die Gurte seines Rucksacks fest. Und prüfte den Schnellverschluss. Wenn er anfing, ihn nach unten zu ziehen, könnte er ihn abwerfen, aber das war Plan B. Oder C oder D oder bei welchem Buchstaben er auch immer angekommen war.

Der Tumult hinter ihnen wurde lauter. Gott, er hasste es wirklich, gehetzt zu werden.

Er beugte sich vor und schlug Cara zuliebe einen gleichmäßigen Ton an. „Bereit?"

Ihre Antwort ließ ihn fast sofort über die Kante kippen. „Ich liebe dich, Tobin."

Und irgendwie hatte er auch darauf eine Antwort, selbst als die Führer und Drogenkuriere durch das flache Wasser auf sie zu wateten.

„Ich habe nie aufgehört, dich zu lieben, Cara." Er holte tief Luft und schaute geradeaus. „Auf drei?"

Er hörte ihr scharfes Einatmen über dem Rauschen des Wassers. „Bereit."

Es war, als würde er an einem eisigen Tag über den Rand einer doppelten Diamantpiste fliegen, log er sich vor. Etwas, das er schon tausendmal getan hatte.

„Eins."

Hinter ihnen ertönten eindringliche Worte.

„Zwei."

Cara klammerte ihre Hand an seine, als die Eindringlinge näher kamen.

„Drei!"

Kapitel 23

Cara war vom Hochsprungbrett im Jugendzentrum gesprungen. Sie war sogar schon einmal bei Ebbe von einer klapprigen, alten Seebrücke an der Küste vor New Hampshire gesprungen, und das war ihr wie ein sehr langer Weg nach unten vorgekommen. Aber es war nichts im Vergleich zu dem freien Fall, in dem sie sich jetzt befand.

Das fallende Wasser dröhnte in ihren Ohren. Die Gischt war überall – unter und über ihr und um sie herum. In ihrer Nase und in ihrem Mund. Aber es gab nichts Festes, woran sie sich hätte festhalten können – nur Tobins Hand und ein Stoßgebet.

Tobin war ihr im freien Fall ein Stückchen voraus und etwas weiter zu einer Seite. Der Atem, den sie zuvor angehalten hatte, ging ihr aus und sie war gezwungen, die feuchte Luft einzuatmen. Und selbst dann war sie sich nicht sicher, ob sie für den Rest des Weges reichen würde.

Entweder tat sie es nicht oder sie steckte in solcher Panik. Auf jeden Fall machte sie den Fehler, noch einmal Luft zu holen, gerade als sie im Becken aufschlug.

Der Aufprall war ein Ganzkörperschock, der jedes schreiende Gelenk in ihrem Körper zum Vibrieren brachte. Der Schlag traf ihre Rippen und sie schrie auf und saugte eine Lunge voll Wasser ein. Sie hustete und prustete und versuchte, sich zu orientieren. In welche Richtung ging es nach oben? Alles wirbelte und schwankte um sie herum.

Sie zappelte im dunklen Wasser und kämpfte gegen eine Kraft an, die sie tiefer und tiefer hinunterzog. Zu tief. Schlimmer noch, sie hatte Tobins Hand verloren. Wo war er?

Druck baute sich in ihren Ohren auf und stieg zusammen mit dem beängstigenden Drang, einzuatmen, an. Gott, sie würde ertrinken. Und verdammt. Hatte sie den Aufprall wirklich überlebt, nur um trotzdem zu sterben?

Sie strampelte und versuchte, sich hochzukämpfen, aber die Kraft des Wasserfalls hielt sie unten. Ihr Verstand schaltete in Panikmodus. Sie würde es nie wieder nach oben schaffen. Sie würde ertrinken. Sie würde...

Eine dunkle Gestalt tauchte vor ihr auf – Tobin! Er würde ihr helfen und alles würde gut werden.

Aber etwas stimmte nicht. Tobin kämpfte nicht gegen den Sog an. Seine Arme hingen schief und sein Körper schien erschlafft.

Ihr Herz klopfte. Sie würden hier zusammen sterben, und wofür?

Sie packte sein T-Shirt von hinten und schrie angesichts der Flut von Schmerzen in ihrer Lunge innerlich. Sie war bereit, aufzugeben.

Aufgeben?

Ein Hitzeschub durchfuhr sie, als sie sein T-Shirt mit den Fäusten umklammerte und einen schreienden, fußstampfenden, geistigen Anfall bekam. Auf gar keinen Fall würde sie aufgeben! Nicht, wenn alles von ihr abhing. Sie war es Tobin schuldig, es zumindest zu versuchen.

Nein – sie schuldete ihm so viel mehr als nur einen Versuch. Sie musste Erfolg haben. Immerhin hatte sie ihn in diesen Schlamassel hineingezogen. Sie würde ihn da wieder herausholen.

Nach oben zu strampeln, war zwecklos, also schwamm sie nach links. Während sie mit der freien Hand Wasser schöpfte, hielt sie Tobins T-Shirt mit der anderen Hand fest im Griff. Er rührte sich nicht. Entweder war er durch den Aufprall betäubt oder schlimmer noch, bewusstlos. Ihre Lunge schrie und ihr rechter Arm verdrehte sich unter seinem, aber sie wollte auf keinen Fall loslassen.

Sie schaffte es ein winziges Stück vorwärts, aber es war zu langsam. Ihre Sicht fing an, zu verschwimmen.

Ihr Überlebensinstinkt schrie sie an. *Lass ihn los! Er zieht dich nach unten!*

Ihr Herz schrie sofort zurück: *Ich werde ihn niemals loslassen!* Sie schrie auch ihre Beine an. *Strengt euch an verdammt noch mal! Fester!*

Sie zerrte und strampelte, bis sie dachte, dass sie nicht mehr treten konnte. Sie konnte auch nichts mehr sehen.

Noch ein Zug, nur noch einen!

Und plötzlich tauchte sie auf. Keuchend und prustend umklammerte sie den Mann, den sie liebte.

„Tobin!" Sie wollte schreien, aber es kam als ersticktes Flüstern heraus. „Tobin!"

Sie strampelte in Richtung Ufer und zog ihn dabei mit sich. Bei einem Schwimmzug stieß ihr Ellbogen in seine Rippen und Tobin fing an zu husten, zu spucken und zu röcheln.

Hätte sie auch nur ein Fünkchen Energie übriggehabt, hätte sie gejubelt.

„Tobin!"

Er blinzelte und hustete, rot im Gesicht, aber am Leben. Er lebte!

Er wandte seinen Blick nach oben und schaute auf die Höhe, die sie gerade hinuntergesprungen waren.

„Wow", murmelte er.

Cara blickte auf und entdeckte, wie die Führer panische Gesten machten, bevor sie wieder im Wald verschwanden. Die Drogenkuriere waren auch dort oben und zeigten auf sie. Sie schrien.

Sie schnallten ihre Gewehre ab und zielten.

Mit einem Aufschrei zerrte sie Tobin hinter sich her. „Los!"

Das Wasser spritzte zwei Meter entfernt in einem winzigen Schwall nach oben. Sie schwamm mit aller Kraft.

Noch ein Spritzen und eine weitere Kugel. Dieses Mal viel näher.

Sie schwamm in den Schutz eines Felsens am Rande des Beckens und zog Tobin mit sich.

Ping! Eine Kugel prallte vom Felsen ab und sie duckten sich beide.

„Und ich dachte, der Sturz wäre der gefährliche Teil", murmelte Tobin.

Sie balancierte auf einem rutschigen Unterwasservorsprung und presste sich gegen den Felsen. Sie hielt ihren Kopf so tief wie möglich und schlang einen Arm um Tobins Schulter. Sie zog ihn eng an sich, als die Kugeln über sie hinwegschossen.

Peng! Peng! Peng! Die Schüsse schmetterten kleine Felsbrocken ab.

Peng! Das Wasser ein paar Zentimeter rechts von ihr spritzte.

Sie schloss die Augen, bis die Schüsse verstummten, und hielt sie dann noch weiter geschlossen. Nur für alle Fälle.

Als sie den Mut aufbrachte, sie wieder zu öffnen, winkte Tobin mit einer zaghaften Hand nach oben und spähte dann um den Felsen herum.

„Sie sind weg."

Sie schaute ebenfalls nach. Oben auf der Klippe war niemand aus einem grinsenden kleinen Jungen zu sehen. Er winkte, als wäre er gerade Zeuge eines wirklich coolen Stunts geworden, und nicht von zwei Gringos, die um ihr Leben rannten.

Tobin winke zurück und schwamm dann zu der Stelle hinüber, an der sie am Vortag aus dem Wasser gestiegen waren.

War das wirklich erst gestern oder war es schon ein ganzes Leben her?

Nach drei schwachen Schwimmzügen durch den Pool stieß sie mit den Füßen gegen den kiesigen Boden. Noch drei weitere Züge und sie taumelte keuchend und prustend auf einen Felsen. Mit der Hand umklammerte sie noch immer Tobins T-Shirt. Und sie hatte vor, sie dort für eine sehr lange Zeit zu lassen.

Tobin ließ sich auf die Seite fallen. Der Rucksack hing noch immer auf seinem Rücken. Er starrte auf den Wasserfall.

„Heilige Scheiße", murmelte er.

Sie drehte sich um und schaute sich an, was sie soeben getan hatten. *Heilige Scheiße* fasste es ziemlich genau zusammen.

„Geht es dir gut?"

Tobin schaute ihr fest in die Augen. „Mir geht es gut, wenn es dir gut geht."

Angst und Schock tobten noch in ihr, aber langsam beruhigte sie sich.

„Es geht mir gut", flüsterte sie und zwang sich, sich zu bewegen. Sie zog ihn hoch und klopfte ihm zur Sicherheit auf die Schulter.

Tobin schenkte ihr sein schiefes Grinsen und tat es ihr gleich.

Wenn es doch nur ein Tag wie gestern wäre. Sie könnte ihn zu einem weiteren Kuss hinter den Wasserfall ziehen – oder für zwei oder drei.

Stattdessen starrte sie noch einmal auf die Klippe. „Glaubst du, diese Drogenkuriere werden uns nach unten folgen?"

„Ich denke, es ist möglich."

„Und die Führer...", fügte sie hinzu. „Wie lange würden sie brauchen, um ins Dorf zurückzukehren und Alarm zu schlagen?"

„Fünfzehn Minuten im Laufschritt vielleicht."

Sie nickte. „Plus eine weitere halbe Stunde, um hier hinunterzukommen." Für den gestrigen Marsch hatten sie zwei Stunden gebraucht, aber das war ein gemütliches Tempo gewesen. Wenn die Dorfbewohner rannten...

„Nicht viel Zeit."

„Nicht viel Zeit", wiederholte sie.

„Dann lass uns gehen." Tobins Stimme klang fest und entschlossen.

Sie starrte auf den Dschungel, der sie von allen Seiten einschloss. „Wohin?"

Tobin drehte sich mit einem teuflischen Grinsen um, dass nur er in einem solchen Moment aufblitzen lassen konnte. Sein Haar klebte halb an seiner Kopfhaut und kräuselte sich in die eine oder andere Richtung. Ein Blatt ragte in der Nähe seines linken Ohrs hervor und Wassertropfen strömten an seiner Stirn hinunter.

Klick. Sie hielt den Moment fest und speicherte ihn für immer ab. *Ritter in glänzender Rüstung, auf Tobin-Art.*

Er zog die Machete aus seinem Rucksack und winkte damit bergab. „Folgen sie mir, Mylady."

Kapitel 24

Tobin stapfte durch das Unterholz und schwang seine Machete. Er hackte und verfluchte das Laub, das ihr Vorankommen nicht gerade beschleunigte. Cara folgte dicht genug auf seinen Fersen, um eine Hand an seinem Rucksack zu behalten, und er konzentrierte sich darauf.

Hol' sie hier raus. Muss sie hier rausholen.

Zack! Er schwang die Machete wieder und wieder. *Zack!*

„Darf ich fragen, was der Rest des Plans ist?"

Er antwortete, ohne anzuhalten. „Ich denke, wir folgen dem Bach bergab, bis wir auf den Pfad treffen, der am Fluss entlangführt." Hoffentlich.

Das letzte Wort ließ er aus.

Sie waren kaum fünf Minuten aus dem Wasser und er war bereits schweißgebadet. In der Erwartung, jeden Moment das leise *Zisch!* eines Giftpfeils zu hören, warf er einen weiteren Blick über seine Schulter. Aber da war nichts – noch nicht.

„Und was dann?"

„Dann folgen wir dem Weg bis zu der Stelle, wo ich Lucy versteckt habe."

Laub raschelte, als Cara kurz stehen blieb und ihr Gesicht rot anlief. „Lucy? Wer zum Teufel ist Lucy?"

Hoppla. Nicht der richtige Zeitpunkt, um seine italienische Schönheit zu verärgern.

Er riss die Hände hoch. „Mein Motorrad."

Das Rot wurde wieder zu Rosa. „Du! Du..." Sie gab ihm einen Klaps auf den Arm. „Nur du würdest ein Motorrad nach einem Mädchen taufen!"

„Das war ich nicht! Sie hatte den Namen bereits, als ich sie bekam. Julie hat sie so genannt."

„Julie?“ Sie stemmte die Hände an die Hüfte.

Er winkte erneut mit der Hand. „Ich meine Julie – Sebs Freundin.“ Er warf einen Blick in den Regenwald, griff nach Caras Hand und ging weiter bergab, während er versuchte, so schnell wie möglich zusammenzufassen, was in Belize passiert war. *Serendipity.* Seb und Julie. Illegale Artefakte. Segeln, Flucht, Abschied nehmen.

Sie starrte ihn an. „Mein Gott, Tobin. Was hast du in den letzten Monaten getrieben?“

Er grinste. Wenn sie nur wüsste.

„Wie konntest du das Boot deines Großvaters gegen ein Motorrad eintauschen?“

Caras Wut ließ ihn vor Stolz glühen. Nur wenige Menschen verstanden, was dieses Boot für ihn bedeutete, aber Cara schon. Die Sommer, die er auf der *Serendipity* verbracht hatte, die Geschichten, die sein Großvater stets erzählte, die Träume, zu denen er ihn ermutigt hatte. Nein, er würde sich niemals von diesem Boot trennen.

Er kam nicht umhin, sich zu fragen, was sein Großvater jetzt von ihm denken würde.

Nun, er würde wahrscheinlich über die Eskapade mit dem Wasserfall glucksen. Aber dann würde er in die Ferne blicken und den Kopf neigen, als läge eine Wegkreuzung vor ihm. Und als würde er sich fragen, welchen Weg Tobin einschlüge.

Auch Tobin fragte sich das.

Cara zerrte an seiner Hand. „Ich kann nicht glauben, dass du die *Serendipity* weggegeben hast!“

Die Worte rissen ihn zurück in die Gegenwart. „Das habe ich doch gar nicht! Nicht wirklich. Ich meine, es war eine Art Tausch. Seb und Julie haben das Boot immer noch. Jedenfalls ist es eine lange Geschichte. Vielleicht kann ich sie dir irgendwann einmal erzählen.“

Er hielt inne und sah Cara an. Irgendwann. Würden sie jemals die Gelegenheit dazu bekommen?

Ihre Lippen zuckten ein kleinwenig und ein Funke Hoffnung stieg in ihm auf.

„Vielleicht kannst du das.“

Sie starrten einander an, bis ein Vogel krächze. Zeit zum Handeln, nicht zum Wünschen.

Er fing gerade an zu befürchten, dass er die Entfernungen völlig falsch eingeschätzt hatte, als der nächste Machetenhieb einen breiten Pfad mit freier Sicht offenbarte.

„Gott sei Dank", murmelte er.

„Was?" Cara beugte sich näher heran.

Er richtete sich schnell auf. „Da wären wir." Er sollte doch wissen, was er tat, nicht wahr? „Da ist unsere Brücke." Er deutete auf den anmutigen Bogen der Hängebrücke auf der rechten Seite.

„Das nennst du eine Brücke?"

Er griff nach ihrer Hand und fing an, schnell in die entgegengesetzte Richtung zu joggen.

„Aber du hast doch gerade gesagt...", protestierte sie.

„Wir brauchen Lucy. Es sollte nicht mehr weit sein." Das hoffte er. Denn wer wusste schon, wie viel Zeit sie noch hatten, bevor das halbe Dorf und sechs Drogenkuriere sie einholten?

Die Entfernung war kürzer, als er gedacht hatte, und er wäre fast in Sichtweite der Brückenwächter geschlittert, bevor er Cara packte und in die Hocke ging. Die Hängebrücke befand sich nun weit hinter ihnen und die Schlucht und die neue Brücke lagen zu ihrer Rechten. Die breite Straße vor ihm verlief rechtwinklig zum Fußweg – dieselbe Straße ins Nirgendwo, die er ursprünglich hinaufgerast war, um dann vor dem steilen Anstieg anzuhalten, wo er das Motorrad versteckt hatte.

„In Ordnung, das ist der schwierige Teil", flüsterte er.

„Vom Wasserfall zu springen, war nicht der schwierige Teil?"

Wie gut, dass Cara nicht wusste, was er vorhatte.

„Um Lucy zu erreichen, müssen wir es um die Ecke schaffen, ohne dass die Wachen uns sehen." Er deutete bergauf.

„Ich dachte, wir wollten weg vom Dorf und nicht wieder dorthin zurück."

„Lucy ist nicht weit. Komm schon!"

Er spähte erneut. So wie es aussah, gab es heute kein Fußballspiel. Die Wachen standen an den verschiedenen Ecken der

Brücke und beobachteten die Umgebung. Sie waren zur Abwechslung einmal aufmerksam.

Verdammt, wo war die Fußballweltmeisterschaft, wenn er sie am meisten brauchte?

Er drängte sich am linken Straßenrand entlang und nutzte Blätter und Lianen als Deckung. Eine Minute später eilten sie um eine Kurve und schon waren sie außer Sichtweite. Dann blieb er nach zwei Minuten des Bergaufgehens vor einem massiven Baum stehen. Von der Straße aus konnte man nichts sehen, aber die gute alte Lucy befand sich genau dort, wo er sie zurückgelassen hatte, hinter dem riesigen Stamm des Baumes. Die Lianen hatten sich bereits um die Räder geschlungen – so schnell wuchs der Dschungel –, aber er konnte sie mit ein paar beharrlichen Hieben befreien. Und mit Caras Hilfe schob er die in die Jahre gekommene Kawasaki zurück auf den Weg.

Cara packte seinen Arm. „Wie sollen wir über die Brücke kommen, wenn so viele Wachen dort stehen?"

„Diese Brücke nehmen wir nicht." Er reichte ihr den Rucksack.

„Welche Brücke nehmen wir dann?" Cara wurde blass. „Oh nein. Nicht über diese Brücke. Sag mir, dass du nicht an diese Brücke denkst."

Bevor er antworten konnte, ertönte eine Stimme von der Straße. Sie rissen die Köpfe herum. Aus einer Stimme wurden mehrere, als drei Männer aus dem Dorf auftauchten und ihre Blasrohre an die Münder hoben. Hinter ihnen kam die Drogenschmugglerbande in Sicht.

„Komm schon!" Er schob Lucy die Straße hinunter.

In fünf Schritten waren sie um die Ecke und vorübergehend außer Schussweite – aber wieder im Blickfeld der Wachen auf der Brücke, die immer noch nichts von der Aktion mitbekommen hatten. Noch nicht.

Tobin betete, dass das alte Motorrad gleich beim ersten Versuch anspringen würde, sprang auf, öffnete den Benzinhahn und zog den Choke und stürzte sich in den größten Kickstart seines Lebens.

Lucy brüllte auf, stotterte bis zum Stillstand und sprang dann wieder an.

„Spring auf!", rief er ziemlich genau in dem Moment, als die Brückenwächter sich in ihre Richtung umdrehten.

In dem Moment, als Cara auf den Sitz glitt, raste er los – so schnell, dass das Vorderrad abgehoben hätte, wäre es nicht so steil bergab gegangen. Die Läufe mehrerer Gewehre schwenkten in ihre Richtung, als er auf den schmalen Uferweg zusteuerte, dem er und Cara zuvor gefolgt waren.

Das ratternde Geräusch eines Gewehrs ertönte. Hunderte von Vögeln flohen mit einem gewaltigen Zischen aus den Baumkronen. Cara klammerte sich so fest an seine Rippen, dass er kaum atmen konnte, was in Ordnung war, da er ohnehin kaum noch Luft holte. Nicht, wenn ein zweites und drittes Gewehr dazukamen.

Er trieb das Motorrad an und sie schossen mit einem Ruck, der sie fast in die Luft geschleudert hätte, den Weg hinunter.

„Oh mein Gott!", schrie Cara.

Ja, das war ein wenig knapper geworden, als ihm lieb war. Aber sie rasten jetzt den Pfad hinunter und solange sie nicht von einer tief hängenden Liane erdrosselt wurden, würde der gewundene kleine Weg Schutz vor Kugeln und Pfeilen bieten.

„Halte dich einfach fest!"

Er bezweifelte, dass sie schneller als dreißig fuhren, aber das Laub verschwamm, als würden sie mit hunderten von Stundenkilometern über eine Autobahn rasen. Mit Cara auf dem Rücksitz war das Gleichgewicht des Motorrads erschwert und die vielen Male, in denen er einen Sturz nur knapp abwenden konnte, indem er einen Fuß ausstreckte... Nun, er hörte auf zu zählen.

Die Hängebrücke tauchte auf und verschwand wieder aus dem Blickfeld. Cara presste ihre Arme fester um ihn, als er bis zum Rand der Brücke fuhr und dann anhielt. Er spürte, wie sie ihr Gewicht verlagerte, und hörte, wie ihr Atem stockte, als sie sich über seine Schulter lehnte, um mehr sehen zu können.

„Tobin, bist du total verrückt geworden?"

Kapitel 25

Tobin schluckte. Die Brücke erstreckte sich in einer flachen, eleganten Kurve vor ihnen, die sich erst nach unten senkte und dann auf der anderen Seite wieder anstieg. Wie eine dieser perspektivischen Zeichnungen, bei denen sich alles auf einen Punkt auf der anderen Seite verengte.

Eine sehr wacklige, perspektivische Zeichnung über einer sehr tiefen Schlucht. Das Tosen der Stromschnellen schien wütender zu sein als bei seinem ersten Besuch und sein Magen überschlug sich genau wie das Wasser einhundert Meter unter ihnen.

Diese Brücke war lächerlich schmal, klapprig und uneben. Aber es könnte vielleicht funktionieren.

Streich das wieder. Es *musste* funktionieren.

Cara tippte mit den Fingern auf seine Schulter. Entweder im Gebet oder in einer stillen Reihe von Berechnungen. Er spürte, wie sie einen tiefen Atemzug nahm und langsam wieder ausatmete.

„Bereit?", flüsterte sie.

Verdammt, das sollte doch sein Satz sein.

Er drehte den Kopf und sah, wie sie ihn mit ihren obsidianfarbenen Augen so anstrahlte, wie sie es schon lange nicht mehr getan hatte. Mit einem Blick, der sagte: *Ich vertraue dir, wir stecken da gemeinsam drin* und *Pass auf Zukunft, hier kommen wir.*

Ein Blick, den er für den Rest seines Lebens gern jeden Tag sehen würde.

Ein riesiges Insekt schwirrte an seinem Ohr vorbei und er duckte sich.

„Los!" Cara schlug ihm auf die Schulter. „Los!"

Aufgeregte Schreie tönten über das Rauschen der Stromschnellen hinweg und er begriff, was sie meinte. Das war kein Insekt. Es war ein Giftpfeil. Und die Männer, die auf sie schossen, schwärmten aus dem Dschungel heraus und kamen in Reichweite.

„Los!", schrie Cara.

Mit einer Drehung des Gashebels schossen sie über das letzte Stück festen Boden und trafen auf das erste Trittbrett der Brücke. In dem Moment, in dem das Motorrad aufsetzte, sanken sie fast einen halben Meter ab, bevor sie weiterfuhren. Die Brücke schwankte und ächzte unter dem gemeinsamen Gewicht von Lucy, ihm und seiner italienischen Prinzessin.

Peng-peng-peng-peng! Jetzt schossen auch noch die Gewehre. Ob es die Drogenkuriere oder die Brückenwächter waren, wusste er nicht. Und ehrlich gesagt, war es ihm auch egal, welche Art von Tod sie zuerst fand. Er wollte nur entkommen.

Ein Stupsen zwischen seinen Schulterblättern verriet ihm, dass Cara ihren Kopf dort versteckt hatte. Er wünschte sich, er könnte dasselbe tun – seine Augen schließen und jemand anderem vertrauen, dass alles gut gehen würde.

Aber es gab niemanden sonst. Jetzt lag alles an ihm.

Alles hing von ihm ab – und Himmel, er traute sich nicht einmal selbst.

Er biss die Zähne zusammen, riss die Augen weit auf und hielt das Motorrad irgendwie aufrecht, als die Brücke sich nicht länger unter ihm durchbog, sondern sich wieder nach oben wölbte. Als er noch ein Kind war, hatten sie eine Katze – eine lustige Katze namens Mittens, die es liebte, auf einer Decke hochgeschleudert zu werden. Tobin hielt zwei Ecken der Decke fest, während Seb die anderen beiden hielt, und sie warfen Mittens wie einen Astronauten, der die Schwerelosigkeit erreichte, in die Luft.

Jetzt wusste er, wie sich Mittens gefühlt hatte – mit zwei wichtigen Unterschieden. Die Katze liebte jede Minute davon. Und Katzen hatten neun Leben.

Was zum Teufel hatte er sich bei diesem verrückten Fluchtplan gedacht?

Zisch! Ein Pfeil sauste vor seinem Gesicht vorbei. Als wäre die schwankende Brücke nicht schon genug.

Seine Augen wollten immer wieder seitlich zu den Halteseilen auf beide Seiten der Brücke gleiten. Er hatte zu jeder Seite höchstens ein paar Zentimeter Spielraum. Ein kleines Schwanken, und der Lenker würde sich verhaken. Er konnte es sich nur zu gut vorstellen: das schleppende Ziehen bei der ersten Berührung, das wilde Zucken, um das Motorrad zu befreien. Dann würde er sich mit dem Halteseil auf der anderen Seite verheddern und kopfüber in die Schlucht geschleudert werden. Cara und er würden fliegen und fliegen...

Es sei denn, er behielt seinen Blick auf die gegenüberliegende Seite gerichtet.

Also starrte er dorthin, bis seine Augäpfel danach schrien, zu blinzeln – nur ein kleines Blinzeln. Aber das könnte seinen Tod bedeuten, und schlimmer noch, Caras Tod. Also nein. Blinzeln nicht erlaubt.

Kein Blinzeln und keine Panik, auch wenn die Brücke ruckelte und schwankte wie das Boot seines Großvaters in einem Sturm. Das kannte er, denn es hatte viele Stürme gegeben, als er und Seb aus Neuengland hinuntergesegelt waren. Aber das war aufregend gewesen. Das hier war beängstigend.

Irgendetwas klapperte. Ohne hinzusehen, wusste er, dass es ein weiterer Pfeil gewesen sein musste, der um Haaresbreite über seinem Oberschenkel vom Tank abprallte. Er wurde gegen sein Bein geschleudert, bevor er ins Leere flog und in die Stromschnellen unter ihnen taumelte.

Das Motorrad wackelte von Trittbrett zu Trittbrett und hielt sich kaum auf Kurs. Jeden Moment könnte eines der verrottenden Bretter brechen und nachgeben.

Aber sie taten es nicht und die Erlösung – das andere Ende der Brücke – kam immer näher. Er lehnte sich nach vorn, als würden sie dadurch schneller ankommen. Cara tat es ebenfalls: Er konnte spüren, wie ihr ganzer Körper hoffte, und dass ihre Lippen ein Gebet an seiner Haut murmelten.

Cara. Lippen. Gebet.

Alles von ihm abhängig.

Sein Unterbewusstsein schloss tausend schmutzige Geschäfte mit dem Teufel. *Bring mich hier durch und ich schenke dir jeden Freitagabend für den Rest meines Lebens. Und das Ausschlafen an jedem Samstagmorgen.*

Die Liste wurde länger und länger, je näher sie der anderen Seite kamen. Der Teufel konnte sein bestes paar Carvingskier haben. Sein Surfbrett. Zum Teufel, der Teufel sollte sein erstgeborenes Kind bekommen. Vielleicht auch das zweitgeborene, vor allem, wenn das Kind so wäre wie er.

Er unterbrach diesen Gedankengang abrupt. Die einzige Frau, mit der er jemals Kinder haben wollte, war Cara. Und auf gar keinen Fall würde er etwas so Wertvolles aufgeben. Niemals.

Also fuhr er weiter durch den engen Spalt über eine unglaublich instabile Oberfläche, bis das Vorderrad nur noch wenige Zentimeter von der anderen Seite der Schlucht entfernt war. Er riss den Lenker mit aller Kraft, die er noch hatte, über die Kante zwischen dem letzten Trittbrett und der trockenen Erde hoch.

Und dann, *brumm!* Das Motorrad raste von der Hängebrücke weg. Vorbei war das Donnern von Stromschnellen, das Schwanken der Brücke, das Verschwimmen der Seile links und rechts. Alles war ruhig und gerade.

Großer Gott. Selbst nach fünftausend Seemeilen war es keine solche Erleichterung gewesen, festen Boden unter den Füßen zu spüren.

Kapitel 26

Es dauerte zehn Minuten, bis Cara den Mut aufbrachte, die Augen zu öffnen, und eine weitere Stunde, bis sie schließlich aufhörte, über ihre Schulter zurückzublicken. Tobin raste mit dem Motorrad weiter, bis der holprige Feldweg in einen anderen mündete, der genauso schlecht war. Schließlich führte dieser zu einer asphaltierten Straße. Und die wiederum führte sie auf einen Highway mit einem Schild, auf dem *Himmel* hätte stehen können, nur dass es P-A-N-A-M-A C-U-I-D-A-D buchstabiert wurde. Panama-Stadt. Sie riskierte einen Blick auf die Uhr, als Tobin einen weiteren überladenen Lastwagen überholte.

Sie musste zweimal hinsehen, und sich die Uhr ans Ohr halten, weil sie dachte, dass sie im Wasserfall kaputt gegangen sein musste. Aber nein, es war wirklich zehn Uhr morgens, und sie war tatsächlich auf dem Weg zu ihrem Meeting. Aber selbst wenn Tobin so schnell wie möglich fuhr, würde es knapp werden, es bis drei am Nachmittag zu schaffen. Sehr knapp. Die Fahrt hierher hatte acht Stunden gedauert und sie hatten nur fünf.

Andererseits, was war heute nicht knapp gewesen? Der Wasserfall, die mit Gewehren bewaffneten Männer, die Hängebrücke. Mein Gott, hatten sie das wirklich alles geschafft?

Beinahe hätte sie einen triumphierenden Schrei ausgestoßen, als ihr bewusst wurde, dass keine Gefahr mehr bestand. Aber dann bemerkte sie, wie weiß Tobins Fingerknöcheln an den Griffen des Lenkers waren.

„Hey", sagte sie und lehnte sich vor. „Wir haben es geschafft."

Er schüttelte langsam den Kopf nach links und dann nach rechts. „Es hätte schiefgehen können."

Sie hörte die Worte wegen des Motorengeräuschs kaum, aber die Muskelschicht um seinen Brustkorb herum war ganz hart geworden. Als er ausatmete, tat er es langsam und zittrig.

„Komm schon, du hast in deinem Leben schon Hunderte riskante Dinge getan." Nichts erschreckte Tobin. Gar nichts!

„Aber noch nie mit dir auf dem Rücksitz meines Motorrads."

Sie konnte die dünne Linie seiner zusammengepressten Lippen im Seitenspiegel sehen. Er hatte noch nie so sehr wie sein Bruder Seb, der Ernstere von ihnen beiden, ausgesehen.

Die nächste Stunde musste die stillste seines Lebens sein, und ihre auch, denn alles, was Tobin in den letzten Tagen für sie getan hatte, spielte sich noch einmal in ihren Kopf ab. Sie lockerte ihre Arme um seine Rippen kaum, obwohl es sich zu einer anderen Art von Umklammerung wandelte. Die Art von Umklammerung, die von millionenfacher Reue und dem Wissen herrührte, dass sie es nie und nimmer wiedergutmachen konnte. Das Einzige, worauf sie hoffen konnte, war Vergebung und ein Neuanfang.

Sie war nicht gerade ein Vorbild, denn das hatte sie Tobin nie angeboten, nicht wahr?

Sie wandte ihr Gesicht vom Spiegel ab und schloss die Augen.

Eine lange Stunde später deutete Tobin auf die Tankanzeige. „Wir müssen einen kurzen Stopp einlegen."

Als er an einer Tankstelle anhielt, fühlte sie sich hundert Jahre alt: steif, erschöpft und ächzend. Wenn Tobin sich genauso fühlte, ließ er es sich nicht anmerken. Er sprang sofort vom Motorrad und schenkte ihr das typische Lächeln, mit dem er schon tausend Frauenherzen erobert hatte.

Tausend Frauen, und die Einzige, die er wollte, war sie.

Das Lächeln schien allerdings ein wenig verkrampft. Er schaute auf seine Uhr anstatt auf die Auslage der kalten Getränke. Er tippte nervös mit dem Fuß auf den Boden, während er darauf wartete, dass der Tank sich füllte. Der Mann war auf einer Mission und diese Mission war sie.

„Verdammt", murmelte sie, als sie den Rucksack abnahm. Ihre Sachen lagen immer noch in dem billigen Hotel, in dem sie übernachtet hatte, bevor sie vor einer Woche – vor einer Ewigkeit – in das Dorf gefahren war. Nun, sie könnte sie später abholen, wenn überhaupt. Sie hatte jedenfalls alles, was sie brauchte.

Tobin, Tobin und Tobin.

Sie griff nach der äußeren Klappe des Rucksacks und erstarrte.

„Was?" Seine unglaublich blauen Augen blieben an ihren hängen.

Sie schwenkte den Rucksack herum, so dass er den Pfeil sehen konnte, der darin steckte. Ganz oben und nur wenige Zentimeter von der Stelle entfernt, wo ihr Hals gewesen wäre.

„Großer Gott." Er schüttelte den Kopf. „Die Kinder verdienen ein neues Dach auf der Schule, aber es muss doch einen besseren Weg geben."

„Was meinst du damit?"

„Das ist es, was das Dorf als Gegenleistung für deine Verzögerung bekommen sollte. Ein neues Dach für die Schule." Tobin schüttelte den Kopf. „Was für ein toller Weg, um Geld zu beschaffen."

Sie stellte sich die lächelnden Kinder und die freundlichen Frauen vor. Die geduldigen Ältesten und die klugen Jäger. Sogar Rodrigo – sie alle kamen ihr wie gute, ehrliche Menschen vor. Sie betrachtete den Pfeil eine gute Minute lang, dann schnappte sie sich eine Zeitung aus einem Mülleimer und wickelte ihn darin ein. Das ganze Bündel verstaute sie in einer Plastiktüte und steckte sie ganz unten in den Rucksack. Dann ging sie auf schwankenden Füßen zur Toilette und wusch sich ganz lange die Hände.

Als sie wieder herauskam, lehnte Tobin an seinem Motorrad und sah aus wie eine Mischung aus James Dean und Indiana Jones. Etwas erschöpft. Weltmännisch. Verdammt heiß. Was zum Teufel hatte sie sich nur dabei gedacht, ihn jemals gehen zu lassen?

In seiner Hand hielt er etwas Rundes und Dunkles. Als sie näherkam und er sie entdeckte, hob er es hoch und sie erkannte, was das war. Ein Motorradhelm. Ein brandneuer, glänzender Helm.

„Komm her." Er winkte sie heran und setzte ihr den Helm auf den Kopf. Sie standen sich gegenüber und sagten kein Wort, als er einen Finger unter die Seite schob und ihr Haar mit einer Berührung nach hinten strich, die so sanft und zärtlich war, dass sie einen Seufzer unterdrücken musste. Sie schloss die Augen, lehnte sich an seine Hand und blendete alles außer ihn aus.

Er küsste sie und obwohl seine Lippen trocken und rissig waren, fühlten sie sich doch wie Zuhause an. Es war ein hoffnungsvoller, fast sehnsüchtiger Kuss. Sehnsucht wonach, das wagte sie nicht zu fragen. Es dauerte eine weitere Sekunde, bis Tobin sich von ihr löste und dann noch eine, bis er die Augen öffnete. Als er es tat, lag ein Versprechen in seinem Blick. Dass er sie dorthin bringen würde, wo sie hinmusste. Er würde für sie alles tun, was nötig war.

Dann setzte er seinen eigenen Helm auf – den alten, den sie in der Eile ihrer Flucht am Lenker hatten hängen lassen –, schwang sich auf das Motorrad und nickte in Richtung Straße.

„Panama-Stadt, wir kommen."

$$Kapitel\ 27$$

In den nächsten fünf Stunden sagte sich Tobin hundertmal, er solle sich entspannen und dieses Hübsches-Mädchen-auf-dem-Rücksitz-seines-Motorrads-Gefühl genießen. Caras Wärme zu genießen, wie sie sich an seinen Rücken presste. Das angenehme Gefühl ihrer Arme um seine Taille. Die Kurven ihrer Beine, die sich von hinten an seine schmiegten.

Aber die Uhr tickte und jeder Kilometer, der sie der Stadt näher brachte, war ein Kilometer, der sie weiter voneinander zu entfernen drohte.

Es war ihm bis jetzt noch nicht bewusst gewesen, aber der Regenwald hatte die Zeit verlangsamt. Er hatte eine Fantasie gelebt, in der Cara ihm gehörte und er ihr. Und das war alles, was zählte. Jetzt waren sie zurück auf der Überholspur – im wahrsten Sinne des Wortes – und es fühlte sich so an, als schnippten ein Dutzend Finger nach ihm und trieben ihn zur Eile an. Sie sagten: *Komm schon, Teufelskerl, bring es zu Ende.*

Die Frage war nur, wie er es zu Ende bringen sollte.

Du hast deinen Zweck erfüllt, Teufelskerl. Bleib nicht länger, als du willkommen bist.

Offensichtlich wusste Cara zu schätzen, was er getan hatte. Ihren warmen Blicken und leichten Berührungen nach zu urteilen, könnte sie ihm sogar eine zweite Chance geben. Aber wo würde das alles hinführen?

Die Gedanken kreisten und verdichteten sich in seinem Kopf, ganz ähnlich wie der Verkehr, der immer mehr zunahm, als die markante Skyline einer Stadt am Horizont auftauchte. Panama-Stadt. Eine glitzernde Stadt, eingezwängt zwischen Dschungel und Meer. Aus der Ferne sah sie fast futuristisch aus. Aus der Nähe war sie ein einziges Chaos. Er war schon einmal dort gewesen, bevor er nach Catalina fuhr, und das eine Mal hatte ihm gereicht.

Der Verkehr verlangsamte sich, als sie die Stadtgrenze erreichten, und er schaute auf die Uhr. Um zwei.

„Noch eine Stunde bis zur Präsentation", murmelte Cara hinter ihm.

„Kennst du den Weg?"

Sie deutete auf ein abgeschrägtes, stählernes Hochhaus rechts von den anderen, so nah und doch so fern. Vielleicht zu fern.

Er tippte mit den Fingern auf den Lenker und verfluchte den Verkehr. Es spielt keine Rolle, dass es zwei Uhr nachmittags an einem Freitag war und sie in die Stadt hinein, und nicht hinaus, fuhren. In Panama-Stadt standen die Autos fast immer Stoßstange an Stoßstange.

„Scheiß drauf." Er gab Vollgas und wechselte auf den Seitenstreifen. Es funktionierte eine Weile, bis andere Fahrer das Gleiche taten. Noch ein Blick auf die Uhr. Halb drei. Cara zupfte nervös an seinem T-Shirt, selbst nachdem er eine Hand über ihre gelegt und sie an seine Rippen gedrückt hatte. Es ließ den Schmerz in ihm nur noch stärker werden.

Vielleicht würden sie den ganzen Tag hier im Stau stehen.

Aber er hatte sie so weit gebracht, verdammt noch mal. Scheitern kam jetzt nicht infrage. Ein Mann musste schließlich auch einen gewissen Stolz haben.

Fast hätte er laut gelacht. *Er? Stolz?*

Aber andererseits... Warum zum Teufel nicht?

Er bog in den engen Zwischenraum zwischen den kriechenden Autos und betete, dass keines von ihnen einen plötzlichen Spurwechsel machte. Cara zeigte ihm eine Straße, dann eine andere und sogar eine, die gesperrt war. Er raste um eine Baustelle herum, flog eine einspurige Seitenstraße hinunter und überquerte sogar ein paar Bürgersteige, bevor Cara in eine Richtung deutete.

„Dort drüben."

Er hielt quietschend an und parkte, während Cara im Eiltempo auf Spanisch mit dem Wachmann sprach. Dann sprinteten sie zu den Türen. Fünf vor drei.

„In welchem Stockwerk ist es?"

„Im vierundsechzigsten."

Im verdammten vierundsechzigsten? Er drückte die Knöpfe für alle Aufzüge und hörte nicht auf zu drücken, bis einer von ihnen aufsprang und sie hereinließ.

Die Türen schlossen sich mit einem feierlichen Gleiten. Nach zwei Stockwerken des Aufstiegs zerrte er an seinem Kragen. In den letzten Tagen hatte er sich im Freien aufgehalten und selbst der Bungalow, in dem sie geschlafen hatten, hatte sich wie eine natürliche Erweiterung des Dschungels angefühlt. Jetzt befanden sie sich in einer erstickenden Metallbox auf dem Weg in den vierundsechzigsten Stock.

Panama. Was für ein Land.

Überall im Aufzug waren Spiegel angebracht, in denen Cara sich spiegelte. Sie war überall, aber immer noch zu weit weg, also zog er sie an sich heran und küsste sie, wodurch die Welt wieder langsamer wurde. Es brachte ihn zum Nachdenken: vielleicht war es gar nicht nur der Dschungel, der die magische Kraft hatte, die Dinge zu verlangsamen. Vielleicht gab es diese Magie in ihnen beiden.

Als der Aufzug ratterte, lösten sie sich voneinander und schauten sich an. Ihre Lippen zuckten, als wollte sie etwas Monumentales sagen. Etwas, das er wirklich unbedingt hören wollte.

Aber dann ertönte die Glocke. Die Türen öffneten sich. Es kostete ihn alles, was er noch in sich hatte, um nicht auf den *Tür schließen*-Knopf zu drücken, um sie wieder zu verriegeln.

Zu spät. Cara blinzelte, trat hinaus und eilte den Flur entlang.

„Gott, wie sehe ich aus?", murmelte sie und etwas in ihm sprudelte vor Hoffnung über. Wenn sie die Spiegel im Aufzug übersehen hatte, hatte sie vielleicht an ihn gedacht. Vielleicht dachte sie sogar über sie *beide* nach.

„Du siehst toll aus." Er zupfte ein Blatt aus ihrem Haar. Die Schlammspritzer auf ihrem Oberteil waren egal. Cara sah immer umwerfend aus.

Dann bogen sie um eine Ecke und eine Sekretärin eilte herbei, um Cara in einen gläsernen Konferenzraum zu führen. Cara ließ seine Hand erst los, als ihr Griff das Ende ihrer Fingerspitzen erreichte.

„Wartest du auf mich? Bitte?"

Er nickte. Natürlich würde er warten. Hundert Jahre, wenn es sein musste.

Das wollte er auch gerade sagen, als ein Mann in einem eleganten Anzug auf sie zukam. Seine Kinnlade klappte auf. „Cara?"

Sie warf dem Mann einen Blick zu, der töten könnte. „Überrascht, mich zu sehen, Enrique?"

Enrique? Der Fiesling, den Cara verdächtigte, die Nachricht, dass sie Hilfe brauchte, verheimlicht haben? Tobin ballte die Hände zu festen Fäusten.

Cara ging an dem Mann vorbei, als wäre er ihre Zeit nicht wert. Mit einem sprachlosen Enrique im Schlepptau betrat sie den Konferenzraum. Alle Augen hefteten sich auf sie – einschließlich der abschätzenden Blicke von ein paar Männern, die doppelt so alt waren wie sie. Tobin hätte fast laut geknurrt. Sie hatte ihn gebeten, zu bleiben? Und wie er bleiben würde. Genau hier.

Er ließ sich auf der Kante eines Polstersessels nieder, verschränkte die Arme und tat sein Bestes, um *Meine Frau, behaltet eure Augen und Hände für euch selbst*-Vibes durch das Glas zu schicken.

Cara machte sich sofort an die Arbeit und kritzelte mit einem Marker Notizen und Zahlen auf eine Tafel. Es war wie ein Drama im Fernsehen, bei dem die Glaswand einen überdimensionalen Bildschirm bildete. Sie unterstrich jedes Argument mit eindringlichen Bewegungen ihrer Hände und ihre Augen blitzten auf. Verdammt, wenn er es wäre, würde er ihr den Zuschlag sofort geben. Und er würde diesen Idiot Enrique feuern, der zusammengekauert in einer Ecke des Konferenzraumes saß.

Aber es war nicht Tobins Entscheidung, wer gewann und wer verlor. Das entschieden die Anzugträger dort drin.

Er hasste sie jetzt schon. Dort saß ein frisierter und gestylter Latino mit den Augen eines Wilderers. Ja, der Typ wollte Cara. Auch der grauhaarige Chef schaute sie mit kaum verhülltem

Verlangen an. Tatsächlich sahen sie alle höchst verdächtig aus. Sie hatte etwas so viel Besseres als diese Kerle verdient.

Der Gedanke, der sich an diesen Gedanken anschloss, ließ seine Seele zusammensacken. Cara hatte auch etwas Besseres als ihn verdient.

Er verbrachte die nächste Stunde damit, über diese Realität nachzudenken, während sich das Meeting in die Länge zog. Er würde immer nur Tobin sein und das wäre nie genug.

Vielleicht sollte er aufgeben, während er noch im Vorteil war. Denn irgendwo zwischen der Hängebrücke und der Klingel des Fahrstuhls hatte er endlich verstanden, worauf er in den letzten Tagen gehofft hatte. Es war keine zweite Chance mit Cara, kein Abenteuer oder eine himmlische Nacht in ihrem Körper verschlungen, so schön das auch sein mochte.

Es war ein Abschluss.

Ein Schlussstrich unter sechs Jahren des Wünschens. Sich zu wünschen, sie noch ein einziges Mal lächeln zu sehen. Ihr Vertrauen zu gewinnen und sei es, während sie auf dem Rücksitz seines Motorrads hing oder von einem Wasserfall sprang. Zu sehen, wie sie ihn mit diesem besonderen Glanz in ihren Prinzessinnenaugen ansah.

Und das alles hatte er bekommen. Warum blieb er also jetzt noch hier? Sicher, sie liebten einander. So sehr – oder mehr – wie zwei Menschen es nur konnten. Aber letztendlich hatte Caras Vater recht. Sie hatte etwas Besseres verdient.

Es sei denn...

Er fing an, Möglichkeiten zu durchdenken und alte Pläne herauszukramen.

Der Konferenzraum wurde geöffnet und das Stimmengewirr riss ihn aus seinen Gedanken. Cara sprang zu ihm hinüber und schloss ihn in eine riesige Umarmung.

„Ich habe es geschafft! Wir haben den Zuschlag erhalten!"

Es war ihm völlig egal, welche Firma den Zuschlag erhielt, aber er wirbelte sie zweimal herum, weil er ihr Team immer anfeuern würde. Selbst wenn es aus einem Haufen spießig wirkender Arschlöcher in Anzügen bestand.

„Das ist großartig!" Er küsste sie ein paarmal und genoss jeden einzelnen Moment.

Sie belohnte ihn mit einem strahlenden Lächeln und einem Klaps auf die Brust. „Es ist großartig. Aber wir müssen jetzt gleich noch ein paar Punkte aushandeln."

„Jetzt sofort?"

Sie zuckte mit den Schultern. „Es ist Freitagnachmittag und die hohen Tiere wollen das geregelt haben. Es wird noch mindestens ein oder zwei Stunden dauern."

Er schüttelte den Kopf. „Auf gar keinen Fall. Du hast gerade halb Panama durchquert. Bist von einem Wasserfall gesprungen!" Wow. War das wirklich alles heute passiert? „Du brauchst eine Pause. Etwas zu essen, Wasser." Er schwafelte, aber verdammt, hatte Cara denn keine Pause verdient?

Sie tätschelte seinen Arm. „Sie schicken jetzt etwas zu Essen hoch. Du kannst dir auch etwas nehmen. Aber danach ist es sinnvoller, wenn du zu mir nach Hause fährst und dort auf mich wartest. Die Sekretärin kann dir den Weg weisen."

Er wollte nirgendwo hingehen, aber ihr Blick glitt zurück in den Konferenzraum, wo die Anzugträger zusahen. Sie warteten.

„Ich muss jetzt wirklich gehen." Sie küsste ihn und wich zurück. Es brachte ihn fast um, weil er sich fragte, ob es das letzte Mal sein könnte. „Wir sehen uns bald dort."

Das gefiel ihm nicht, ganz und gar nicht. Aber vielleicht half es auch nicht, dass Cara mit einem zerlumpten Gringo gesehen wurde, der einen Dreitagebart trug. Er schaute sich um, bis er sein Spiegelbild in einer Glasscheibe entdeckte. Tatsächlich sah er nicht besser – oder schlechter – aus als normal.

Mit anderen Worten – er fiel in diesem Büro auf wie ein bunter Hund. Er schüttelte sich ein wenig, genau wie ein Hund, der versuchte, Kletten aus seinem Fell loszuwerden.

Cara eilte zurück in den Konferenzraum und warf ihm einen Kuss zu. „Bis bald."

„Bis bald", flüsterte er und fragte sich, ob es eine Lüge war.

Kapitel 28

Caras Wohnung war nicht weit entfernt und mit der Wegbeschreibung der Sekretärin war Tobin in zwanzig Minuten dort. Er schwang die Tür auf und spähte hinein, wobei er sich seltsam allein fühlte. Drei Tage mit Cara hatten ihn für den Rest seines Lebens verwöhnt. Er seufzte und trat ein.

Es war eines dieser modernen Apartments, in denen alles in kühlem Weiß auf Weiß gehalten war. Er lief herum und fühlte sich wie ein Einbrecher, der nicht wusste, was er stehlen sollte. Sein einziger Trost waren die kleinen Spuren von Cara, die in den Ecken des Apartments zu sehen waren. Die Bilder von ihrer Familie am Kühlschrank. Die verschlissene Collegedecke, die auf der Couch ausgebreitet war. Die Bildbände, die fein säuberlich auf dem Couchtisch lagen.

Er musterte sie und schnaubte laut beim Titel *Regenwälder der Welt*. Er drehte das Buch um und las die Rückseite. *Diese atemberaubende, visuelle Reise führt sie in das Herz des Regenwaldes und der faszinierenden Kulturen, die in Harmonie mit der Natur leben...*

Atemberaubende, visuelle Reise? Es war atemberaubend, das stimmte. Sein Hintern pulsierte immer noch von den Bodenwellen, über die sie gerast waren, denn er hatte auch ganz spürbare Eindrücke bekommen. Ganz zu schweigen von den riechbaren Impressionen, denn selbst der Gestank der Stadt hatte den üppigen Dschungelduft noch nicht aus seinem Gedächtnis verdrängen können.

Visuell, spürbar, riechbar. Was noch? Er wühlte sich durch die Erinnerungen, bis er an einer hängenblieb.

Sinnlich. Eine sinnliche Reise.

Auch die hatten sie gehabt. Angefangen mit dem Kuss unter dem Wasserfall bis hin zu einer Nacht voller Sex-Aerobic in der Hütte. Sein Blick wanderte zu der offenen Tür ihres Schlafzimmers, das nur zwei Schritte entfernt war. Er und Cara wieder zusammen.

Sein ganzer Körper seufzte und spulte im Schnelldurchlauf durch hundert glückliche Szenarien. Im Handumdrehen fügte er Kinder, einen Hund und Sommersegelfahrten auf der *Serendipity* hinzu. Er träumte von Wintern auf den Skipisten, vom Herbst mit fallenden Blättern, von Halloweenkostümen und Erntedankfesten. Er spielte sie vorwärts und dann wieder rückwärts ab. Aber er blieb immer wieder an einer Szene hängen.

Dort standen sie irgendwann in der nahen Zukunft auf einer Cocktailparty zur Feier des erfolgreichen Zuschlags ihres Unternehmens. Er und sie, herausgeputzt und strahlend. So glücklich, wie man es nur sein konnte, bis ihn einer der Anzugträger an der Bar ansprach.

„Sie sind also Caras Verlobter, was?", würde der Anzugträger sagen und dabei fast, aber nicht ganz freundlich und aufrichtig klingen.

Tobin würde noch ein wenig aufrechter stehen und leicht nicken, während er so täte, als würde seine Seele nicht jedes Mal singen, wenn er diese beiden Worte hörte. *Caras Verlobter.* Er gehörte ihr, sie gehörte ihm. Für immer.

„Glückspilz", würde der Anzugträger sagen und die Zähne zusammenbeißen.

Ja, er war der größte Glückspilz auf Erden und wusste es, also würde er vielleicht bescheiden mit den Schultern zucken.

Und dann würde der Angriff beginnen. Subtil, raffiniert.

„Also, was machen Sie beruflich?"

Er würde den Mund öffnen und ihn wieder schließen, bis der Anzugträger grinste. Es war egal, dass Tobin gut in dem war, was er tat, und stolz auf seine Tätigkeit. Es war egal, dass es ihn gesund hielt und glücklich machte. Dass er damit auch Geld verdiente – mehr als der Durchschnittsmensch vermuten würde. Aber das alles zählte nicht, nicht in Caras Welt. Er würde immer der nichtsnutzige Skilehrer bleiben. Niemals gut genug für sie.

Cara würde gerade noch rechtzeitig kommen, um ihn zu retten, aber es begann und endete immer auf dieselbe Weise – der Anzugträger verabschiedete sich von ihm mit einem Blick, der sagte: *Sie verdient etwas Besseres. Jemanden wie mich.*

Er konnte sich diese Szene so perfekt vorstellen, weil es sich in der Vergangenheit, als sie tatsächlich verlobt waren, ein Dutzend Mal genauso abgespielt hatte. Es sollte ihn nicht stören, aber das tat es. Was, wenn ein paar Jahre ins Land gingen und Cara anfing, genauso zu denken?

Er schaute aus dem Fenster, wo ein Dutzend Frachter darauf warteten, den Panamakanal zu passieren. Schiffe in einer Zwischenwelt zwischen zwei Meeren.

Jeder Teil seines Körpers schrie danach, eine Dusche zu nehmen und sich dann in die vielen rosa Kissen auf ihrem Bett sinken zu lassen und sich zu entspannen. Irgendwann später würde sie ihn mit einem Kuss aufwecken und sich neben ihn legen. Eine Fantasie, die in fast auf Anhieb überzeugt hätte.

Aber es gab noch eine andere Fantasie, neben dieser. Eine, in der er sich nie wieder fragen musste, ob er gut genug für sie wäre.

Er rieb sich mit der Hand über das Gesicht. Das Richtige zu tun, konnte einen Mann von innen auffressen, selbst wenn er die besten Absichten hatte. Er selbst hatte es wieder und wieder bewiesen. Die Chancen standen neunundneunzig zu eins, dass er sie wieder verlieren würde – vielleicht sogar an einen dieser Idioten im Anzug. Denn warum sollte Cara auf ihn warten wollen?

Er starrte auf den grenzenlosen blauen Pazifik hinaus und fragte sich das. Dann setzte er sich, erschöpft bis auf die Knochen, an ihren Schreibtisch.

Er zog eine Schublade auf, denn er wusste, was er tun musste, um dies zu einem Anfang und nicht zu einem Ende zu machen. Er wusste, dass der schwierigste Teil noch vor ihm lag. Schwieriger, als neben ihr zu schlafen, ohne sie zu berühren. Schwieriger, als von einem Wasserfall zu springen oder über eine Hängebrücke zu rasen.

Diesen Brief zu schreiben, den er schreiben musste, war schwieriger als all das. Und tatsächlich zu gehen, wäre der schwerste Teil von allem.

Als er ihr Briefpapier herauszog und auf die leere Seite starrte, quälte er sich mit Bildern von dem, was geschehen würde, wenn er gegangen war. Die Tür würde aufschwingen und Cara würde hereinkommen. Sie wäre begierig darauf, ihren Triumph zu teilen. Sie würde von Zimmer zu Zimmer gehen und nach ihm suchen. Der Gedanke, wie sehr es sie verletzen würde, ihn nicht hier zu finden, zerriss ihn.

Aber wenn er das jetzt nicht tat, würde er vielleicht nie wieder den Mut haben, es zu tun.

Er senkte den Stift auf das Papier und fing an, zu schreiben.
Liebe Cara...

Epilog

Neuengland, vier Monate später...

Cara hielt das lavendelfarbene Papier hoch und las die Zeilen zum tausendsten Mal.

Liebe Cara,

bitte glaube mir, wenn ich sage, dass gehen das Letzte ist, was ich tun möchte...

Sie senkte den Zettel, um ihren Blick auf den eisigen Boden zu richten, aber die Worte liefen in ihrem Kopf weiter ab. Sie hatte sie inzwischen auswendig gelernt und konnte den Brief wie ein Tonband abspielen, während ihre Stiefel über den festen Schnee auf dem Parkplatz knirschten.

Aber ich muss es tun, genau wie du es schaffen musstest, rechtzeitig zu deinem Meeting zu kommen.

Das Meeting, von dem sie nach Hause gekommen und bereit gewesen war, Tobin anzuflehen, bei ihr zu bleiben. Nur um dann festzustellen, dass er verschwunden war.

Ich habe nie aufgehört, dich zu lieben, Cara, und das werde ich auch nie tun. Aber ich glaube, du hattest recht. Wir waren damals noch nicht bereit, zu heiraten. Und auch wenn ich dich mit einer Flasche Champagner, einem Ring und einem Versprechen an der Tür begrüßen will, denke ich doch, dass wir immer noch nicht bereit sind...

Dieser Teil des Briefes tat am meisten weh. Sie war sich so sicher gewesen, dass nach allem, was sie durchgemacht hatten, alles gut werden würde.

Ich brauche ein wenig Zeit, um ein paar Dinge zu regeln.

Das war der Köder, mit dem sie die nächsten Zeilen überstand, in denen er immer wieder Dinge durchgestrichen hatte. *Wenn du mich liebst...* Die letzten Worte waren durchgestrichen und durch *Wenn du mir glaubst* ersetzt, was wiederum durchgestrichen wurde, bevor er sich für etwas anderes entschied: *mir vertraust.*

Wenn du mir vertraust...

Vertrauen. Sie wusste, dass er damit nicht mit dem Finger auf sie zeigen wollte, obwohl er jedes Recht dazu hätte. Sie war es gewesen, die beim ersten Mal alles ruiniert hatte, weil sie ihm nicht vertraute. Sie war es, die ihn vertrieben hatte.

Wenn du mir vertraust und darauf vertraust, dass diese verrückte Kraft, die immer zwischen uns entsteht, wenn wir zusammen sind, noch ein wenig länger warten kann...

Als sie die nächsten Zeilen gelesen hatte, war sie erschüttert gewesen, dass er nicht um Tage, sondern um Monate bat. Sie hatte bereits eine Ewigkeit ohne ihn verbracht, nur um dann in ein paar wenigen Tagen ein ganzes Leben mit ihm zu erleben. Vier Monate zu warten, fühlte sich wie Sterben an, aber wie hätte sie nicht warten sollen?

Also wartete sie so lange wie möglich – drei Monate und sechsundzwanzig Tage, nicht, dass sie mitgezählt hätte – und hier war sie nun, genau wie er in dem Brief gebeten hatte.

Sie schaute auf die Adresse, die Tobin aufgeschrieben hatte, und dann wieder nach oben. Beech Tree Hill.

Eine Skipiste. Eine kleine winzige.

Es wirkte, wie ein Bauernhof, der zu einer bescheidenen Skipiste umgebaut worden war. Es gab eine urige, alte Scheune, die an diesem knackigen Neuengland-Wintertag Wärme ausstrahlte. Es war kein großer Komplex, aber die Atmosphäre war angenehm. Viele glückliche Kinder und stolze Eltern, die vor guter Laune nur so sprühten und sich am Ende eines anstrengenden Tages entspannen wollten.

Auf einem Schild über einer Tür Stand *Büro* und auf dem daneben *Skischule.*

Skischule. Sicherlich würde sie Tobin dort finden, nicht wahr?

Eine Glocke läutete, als sie die Tür öffnete. Sie wartete, als eine junge Mutter ihre drei Kinder zu einem Schreibtisch trieb. „Heute war toll! Ist nächste Woche noch ein Platz im Anfängerkurs frei?"

„Alles ausgebucht, das tut mir leid", sagte der junge Mann. „Aber ich kann sie auf die Warteliste setzen."

Die Frau seufzte, trug ihren Namen in die Liste ein und scheuchte ihre Kinder wieder hinaus.

„Kann ich Ihnen helfen?", fragte der junge Mann Cara. Seine Augen schienen ihr Gesicht eine Minute zu lang zu mustern und sie vermutete, dass es an ihrer Bräune lag.

Panama, wollte sie sagen. *Ich bin gerade eingeflogen.* Aber stattdessen kam sie gleich zur Sache. „Ich suche Tobin Cooper, bitte."

Er zeigte mit einem Daumen nach oben. „Dort entlang."

Also ging sie wieder hinaus und stieg die Treppe zum Büro hinauf, während sie sich fragte, was Tobin dort oben zu suchen hatte.

Von außen sah die Scheune baufällig aus, aber je höher sie auf der Treppe stieg, desto neuer und frischer wirkte sie. Im ersten Stockwerk wies ein Schild nach rechts zum Büro. Die Treppe führte weiter nach oben, aber dieser Teil war abgesperrt. *Privat.*

Sie bog nach rechts ab, folgte einem kurzen Flur und spähte in das Büro. Die Tür stand offen und sie starrte auf die Aussicht. Zwei Wände des Büros bestanden aus Panoramafenstern: auf der einen Seite überblickte man die belebte Piste und auf der anderen Seite eine ruhige Landschaft mit Bauernhöfen und bewaldeten Hügeln, die sich bis zu den fernen Bergen erstreckten. Ihr stockte der Atem, so schön war es. So anders als das satte Grün Panamas. Der Kaminofen, der in einer Ecke glühte, ließ sie über die Wohnung im Obergeschoss nachdenken. Dort oben, unter dem Dachvorsprung, musste es wunderschön sein.

Sie wollte gerade an die offene Tür klopfen, als sie das Schild dort entdeckte. *INHABER*, sagte ein verstaubtes altes Schild.

Tobin Cooper, stand auf dem glänzenden neuen Schild darunter.

Ihre Knie schwankten ein wenig.

Ich brauche ein wenig Zeit, um ein paar Dinge zu regeln, hatte er in seinem Brief geschrieben. Und siehe da, es sah ganz aus, als hätte er genau das getan.

Die Wände des Büros waren mit Bildern von jungen Skifahrern geschmückt. Sie schaute von einem lächelnden Gesicht zum anderen. Kein einziges zeigte Tobin, wie er die Pisten hinunterraste. Oder Tobin auf dem Podium, nachdem er ein weiteres Rennen gewonnen hatte. Er hatte viele Siege errungen, aber was stellte er in seinem Büro zur Schau? Freude. Jugend. Fröhlichkeit.

In jedem dieser Bilder war ein Stückchen von Tobin zu sehen. Und noch etwas anderes: Stolz.

Sie starrte immer noch alles an, als die Dielen hinter ihr knarrten und ein Mann zu ihr sprach.

„Kann ich Ihnen helfen?"

Sie drehte sich zu dem Fremden um und murmelte einen Moment lang vor sich hin, bevor sie zusammenhängende Worte herausbrachte. „Ich bin hier, um Tobin zu sehen."

Er musterte sie von oben bis unten. „Er ist draußen. Kann ich Ihnen helfen?"

„Ich brauche Tobin." Ein Teil von ihr zuckte beim Klang dieser Worte, aber verdammt, es war wahr. „Ich werde warten."

Warten? schrie ihr Körper. Sie konnte keine Sekunde länger warten.

Es musste offensichtlich sein, denn der Mann seufzte und zeigte die Treppe hinunter. „Folgen Sie mir."

Ihr Herz schlug bei jedem Schritt die gewundene Treppe hinunter schneller und sie trat hinaus in die frostige Luft. Die Sonne ging schnell unter und tauchte die verschneiten Hügel in rosa Licht. Am Fuße des Hangs hatte sich eine Menschenmenge um ein dreistufiges Podium versammelt, das groß genug für die Winterolympiade war. Auf den Stufen standen kleine Mädchen mit roten Wangen, die winzige Medaillen um den Hals trugen.

„Einen großen Applaus für die Teilnehmerinnen des heutigen Wettbewerbs der Mädchen unter zehn!", verkündete eine vertraute Stimme.

Cara blieb stehen.

Es gab Applaus und ein Dutzend Kameras blitzten auf, aber alles, was sie sah, war Tobin.

Tobin in seinem weißen Ski-Parker und einer Jeans. Ein Mikrofon in der Hand, das strahlendste Lächeln auf seinem Gesicht. Das Lächeln, das sich zeigte, wenn man gab, nicht wenn man nahm.

„Hey, Tob." Der Mann zupfte an seinem Ärmel.

„Eine Sekunde."

„Ähm, Tobin", versuchte der Mann es erneut.

„Nicht jetzt, Gus."

„Tobin, ich glaube wirklich... "

Tobin drehte sich zu Gus um, der mit einem Daumen über seine Schulter auf sie zeigte. Tobins Blick folgte ihm und er riss seine tiefblauen Augen auf.

Er erstarrte und sie tat es ebenfalls, denn als sie ihn hier stehen sah, fielen ihr die Worte nicht mehr ein, die sie hätte sagen wollen. Sie hatte das vage Gefühl, dass sich hundert neugierige Augenpaare in ihre Richtung bewegten, aber der einzige Blick, der sie interessierte, war der seine.

Denn da stand Tobin und schaute sie an, als hätte er die Olympischen Spiele gewonnen – und als wäre sie der Preis. Aber dieses Mal wippte sein Adamsapfel mit einem gewaltigen Schlucken, als hätte er nicht einmal gewusst, dass er überhaupt im Rennen war.

Ein Klirren tönte, als Gus ihm die restlichen Medaillen aus der Hand nahm. „Ich mache das hier, Mann", sagte er mit gesenkter Stimme. Gus stieß Tobin in ihre Richtung, dann wandte er sich dem Publikum zu und erhob seine Stimme. „Also gut, Leute! Auf zum nächsten Event. Ich rufe alle Jungen unter zehn Jahren auf das Podium... "

Den Rest bekam Cara nicht mit, weil Tobin auf sie zu gestolpert kam. Tobin, der stolperte – das musste eine Premiere sein. Sie öffnete die Arme weit, um ihn aufzufangen, und im nächsten Moment war er wie ein Mantel um sie geschlungen. Seine Arme umklammerten sie so fest, wie sie sich einst auf dem Rücksitz von Lucy an ihn geklammert hatte.

Es war tiefster Winter in Neuengland – so kalt, dass ihr Atem in wirbelnden weißen Wölkchen herauskam, aber sie spürte nichts als Wärme. Wärme und eine pulsierende Art von Freude. Tobin umklammerte sie, ihr Kopf lehnte unter seinem

Kinn und er roch so vertraut und so gut. Sie klammerte sich an ihn und gab sich selbst tausend stille Versprechen. Niemals zu zweifeln, ihn niemals wieder zu verlassen.

Er stieß ein kleines keuchendes Geräusch aus und führte sie von der Menge weg auf eine kleine Anhöhe, die von Bäumen umgeben war.

„Du bist gekommen." Er berührte ihre Schulter, als wollte er sich vergewissern, dass sie tatsächlich da war.

„Du wärst auch zu mir gekommen. Du *bist* zu mir gekommen."

„Du hast gewartet", sagte er zwischen zwei unsicheren Atemzügen.

Sie lachte nicht sehr überzeugend. „Das war der schwierige Teil."

Du hast mir vertraut, sagten seine Augen und als sie den Kopf zu einem Nicken neigte, zog er sie wieder in seine Arme.

„Tobin", sagte sie, als er sie losließ. Aber ihre Zunge fand die richtigen Worte nicht, also kramte sie in ihrer Tasche, zog eine Karte heraus und reichte sie ihm.

Selbst im schwachen Licht konnte sie sehen, wie seine Augen mit Erkenntnis strahlten. Es war seine Karte an sie – sein Heiratsantrag von vor so vielen Jahren.

Vor einem Jahr haben wir uns auf diesem Berg kennengelernt und du hast mein Leben verändert. Ich werde dich immer lieben, Cara. Wirst du die Meine sein?

Die Karte war abgegriffen und zerknittert von ihrer wilden Flucht, aber die Worte waren immer noch da, ebenso wie ihre Antwort.

Ja, Tobin. Ja. Ich werde für immer die Deine sein.

Früher an diesem Tag hatte sie noch etwas daruntergeschrieben und ihr Herz schlug bis zum Hals, als Tobin es langsam las.

Zweiter Versuch, hatte sie geschrieben. *Ich werde dich für immer lieben, Tobin. Wirst du der Meine sein?*

Es war nicht derselbe Berggipfel und auch nicht Valentinstag. Sie hatte kein romantisches Abendessen organisiert, aber irgendwie fühlte es sich jetzt noch wichtiger an als damals.

Er riss seinen Blick zu ihr hoch und das Blau seiner Augen war leidenschaftlich. „Ich war schon immer der Deine, Cara.“

Sie warf sich ihm an den Hals und murmelte an seine Schulter. „Ich weiß. Es tut mir leid. Alles.“

Er lehnte seine Stirn an ihre und sprach so leise, dass sie es kaum hören konnte. „Mir nicht.“

Noch so eine kleine Tobin-Weisheit. Je mehr sie darüber nachdachte, desto mehr wusste sie, dass er recht hatte. Trotz all der Reue, des Schmerzes und der leeren Jahre hatten sie es dieses Mal verdient.

„Ich meine es ernst, weißt du“, schniefte sie und strich mit einem Fäustling über seine Wange. „Sei der Meine, und zwar ganz und gar.“

„Ich meine es auch ernst.“ Dann ließ er ein typisch freches Grinsen aufblitzen. „Ich frage mich, wie lange die Zulassung zur Eheschließung in diesem Staat gültig ist?“

Vielleicht hatte er gescherzt, vielleicht auch nicht, aber sie tat es nicht. „Ich habe es geprüft. Sechzig Tage, also ist unsere alte abgelaufen. Aber das nächstgelegene Standesamt ist fünfzehn Kilometer entfernt und es macht morgen früh um neun auf.“

Er zog die Augenbrauen hoch und nickte langsam. „Du hast deine Hausaufgaben gemacht.“

„Ich hatte eine Menge Zeit zum Planen.“ Und zu hoffen und zu bangen.

Er klatschte auf eine Art, die *Also dann* bedeutete. „Großartig! Wir können morgen heiraten.“ Seine Stimme klang leicht, aber er musterte ihre Reaktion, als wäre er sich immer noch nicht sicher, ob sie es ernst meinte.

Und sie meinte es wirklich ernst, aber es gab einen Haken.

„Leider muss man drei Tage warten, nachdem man sich für die Lizenz beworben hat.“

Er blinzelte. „Wow. Du hast deine Hausaufgaben wirklich gemacht.“ Dann schüttelte er den Kopf. „Nachdem ich schon sechs Jahre gewartet habe, glauben die, ich müsste es mir noch einmal überlegen?“

Sie lachte laut und es fühlte sich gut an. Großartig. Befreit.

„Nun, nach sechs Jahren denke ich, dass wir drei weitere Tage überleben können."

„Da bin ich mir nicht so sicher." Er schmollte und zog sie wieder an sich.

Sie kuschelte sich an ihn. „Stell dir doch nur einmal vor, was wir in drei Tagen alles nachholen können."

„Das hört sich gut an."

„Natürlich müssen wir noch ein paar Dinge klären."

Er beäugte sie misstrauisch. „Was zum Beispiel?"

„Zum Beispiel, wie das alles funktionieren soll?" Sie winkte mit der Hand über die Skipiste und dann in die Richtung des Bostoner Vorortes, wo sich ihr neuer Arbeitsplatz befand.

„Ganz einfach", sagte er schulterzuckend. „Wir kriegen es einfach hin."

Typisch Tobin. Aber er hatte recht. Sie würden es hinkriegen. Und wirklich, wie schwer konnte es schon sein? Als sie die Beförderung abgelehnt hatte, die man ihr in Panama angeboten hatte, und stattdessen um eine Versetzung in das US-Büro bat, hatte sie auf zwei Dingen bestanden. Eine einmonatige Pause, bevor sie wieder zu arbeiten anfing, und eine Gleitzeitregelung, bei der sie abwechselnd im Büro und von zu Hause arbeiten konnte. Denn Arbeit war nicht alles im Leben. Zumindest hoffte sie, dass sie das nicht sein musste.

Zu Hause. Sie hatte gehofft, dass ihr Zuhause dort sein würde, wo Tobin war, aber das hier… Ihr Blick schweifte über die Aussicht. Die Scheune, die Hügel, der Schnee. Das alles war ein unerwarteter Bonus.

Dieser Teil war also einfacher, als sie dachte. Was stand noch auf der Liste? Ach ja. „Wie dem auch sei, wir können die drei Tage nutzen, um unsere Blitzhochzeit zu planen…"

„Was immer du willst, mir ist es recht." Er nickte wie ein freudiges Hündchen. „Es ist perfekt."

„Wir müssen auch unsere Flitterwochen planen." Sie ließ ihren Blick über die belebte Szene schweifen. „Sobald die Skisaison vorbei ist, schätze ich."

„Flitterwochen?" Er lachte. „Wenn du Panama sagst, werde ich…"

Sie hob eine Hand an seine Lippen und er küsste sie sofort. „Auf gar keinen Fall Panama. Irgendwo anders. Aber ganz sicher irgendwo, wo es warm ist."

Er lächelte. Und obwohl die Wintersonne bereits tiefer stand, fühlte es sich an, als hätte der Sommer ihren Teil des Berges erreicht.

„Vorzugsweise ein Ort, an dem es keine Giftpfeile gibt", sagte er.

„Oh!" Sie fuchtelte mit den Händen herum, als sie sich daran erinnerte, wie viel sie einander zu erzählen hatten. „Die Pfeile waren nicht giftig."

Er neigte den Kopf.

„Ich habe sie testen lassen. Sie waren mit einem starken Betäubungsmittel versetzt, aber nichts, was einen umbringen würde."

Er schnaubte. „Es wäre stark genug gewesen, wenn sie uns auf der Brücke getroffen hätten."

Sie schüttelte den Kopf. „Das Labor sagte, es sei langsam wirkend. Wir wären etwa einen Kilometer später vom Motorrad gefallen, aber nicht auf der Brücke."

„Warum stellst du dich überhaupt auf ihre Seite?"

Ihr wurde ganz warm ums Herz, so wie immer, wenn sie an Tucumba dachte.

„Weil ich glaube, dass sie aufrichtige Menschen sind. Alle, sogar Rodrigo. Nun ja, alle außer Lefebvre und seine Kumpels. Und die TeleCel-Typen, die den ersten Ausflug ins Dorf gemacht haben – Enrique und ein paar andere – sind echte Idioten. Ich wette, sie sind auf eine Menge Füße getreten. Kein Wunder, dass die Dorfbewohner wollten, dass die andere Firma den Zuschlag erhält."

Er presste die Lippen zusammen und dachte darüber nach. „Du sagst also, du arbeitest für die Bösen?"

Sie ließ ein Lächeln aufblitzen. „Am Ende doch gar nicht so böse. Ich habe sie zu einer Bonuszahlung für das Dorf überredet. Die Schule hat ein neues Dach und eine Menge Material bekommen."

Sein Blick glitt zu den Kindern hinüber, die von ihren Eltern von der Piste getrieben wurden, und er nickte langsam. „Schön.“

„Und willst du wissen, was der Bonus war?“

„Bonus?“

„Die Regierung hat darauf bestanden, die Patrouillen in der Gegend zu verstärken, um die neue Satellitenschüssel zu schützen, also muss sich Tucumba vielleicht nicht länger mit diesen Drogenkurieren herumschlagen.“

Er lächelte. „Das ist gut.“ Dann runzelte er die Stirn. „Dann haben sie es nur noch mit diesem Arsch von einem Anthropologen, Lefebvre, zu tun.“

Sie schüttelte den Kopf. „Angeblich ist er in den Amazonas gegangen. Um neue Kulturen zu studieren.“

Tobin spottete: „Neue Drogen, um high zu werden.“

„Wie auch immer.“ Sie winkte mit einer Hand. „Alles ist gut.“

„Das ist es.“

Tobins Lächeln schien bis in ihr Innerstes zu strahlen und jedes Licht in ihr einzuschalten. Ja, es war gut. Es war auch ein gutes Gefühl, Anteil daran gehabt zu haben.

„Aber hey, lass mich nicht vom Thema abkommen. Wir wollten gerade unsere Flitterwochen planen.“

Seine Augen blitzten auf. „Wie wäre es mit einem Stückchen östlich von Panama?“

„Wie weit östlich?“

„Santa Lucia, vielleicht?“

„Was gibt es denn in Santa Lucia?“

„Du meinst, außer traumhaften Karibikstränden und Cocktails aus Kokosnüssen?“ Tobin lachte, bevor er wieder ernst wurde. „Dort liegt die *Serendipity*.“ Er sagte es ehrfürchtig, als wäre das Boot seines Großvaters nicht nur ein Boot, sondern ein Familienerbstück. Was es in gewisser Weise auch war.

„Ich dachte, deine Cousinen Mia und Meredith würden als Nächstes damit segeln.“

Sein ganzer Körper schien zu lächeln. „Das haben sie. Ich meine, das tun sie immer noch. Meredith bringt das Boot gerade dorthin.“

„Meredith?“

„Ja, sie und ihr neuer Freund. Und warte mal, bis du hörst, was ihnen passiert ist.“

„Moment – ich dachte, sie hätte Beziehungen abgeschworen, seit...“ Sie verstummte und wich dem Thema aus. „Seit, na ja, du weißt schon. Meredith hat jetzt einen Freund?“

Er gluckste. „Meredith hat sich in Grenada einen Kerl angelacht – einen guten.“

„Juhu, Mer!“ Ein Teil von ihr jubelte. Wenn jemand Glück verdiente, dann war es Meredith.

Tobin nickte. „Es ist an der Zeit, dass Meredith ein bisschen Spaß hat. Sie hat es verdient.“

„Wer ist dieser Typ? Was ist passiert? Und was ist mit Mia?“

Er lachte. „Was Mia passiert ist, ist sogar noch verrückter. Sie war beim Tauchen auf Bonaire, als...“ Er verstummte und presste einen Finger auf ihre Lippen. „Das ist eine Geschichte für ein anderes Mal. Meredith ist jetzt auf dem Weg nach Santa Lucia und ich wette, wir könnten die *Serendipity* für ein oder zwei Wochen bekommen, wenn sie dort angekommen sind.“ Er schlang einen Arm um ihre Schulter und zeigte mit der Hand über den westlichen Horizont. „Stell dir das mal vor. Die Winter hier. Du und ich zusammengerollt vor dem Kamin...“

„Kamin?“ Sie schmiegte sich enger an ihn.

Er schaute in die Richtung des oberen Stockwerks der Scheune. „Warte mal, bis ich dir alles zeige.“

Es war also kein Scherz. Sie konnte sich die süße kleine Wohnung dort oben bereits vorstellen. So gemütlich, wie es nur sein konnte.

„Wir verbringen die Winter hier“, fuhr er fort, „und brechen dann zu unserem nächsten tropischen Abenteuer auf. Zumindest zu einem kurzen. Ich habe geschäftliche Verpflichtungen, weißt du.“

Sein schalkhafter Tonfall täuschte sie nicht, denn er stand kerzengerade da, als er es sagte. Und verdammt, sie wäre auch stolz, wenn sie an seiner Stelle wäre. Moment, sie *war* stolz auf ihn. Stolzer, als sie es jemals gewesen war.

Sie atmete im perfekten Rhythmus mit ihm ein und aus. Vielleicht war das der Schlüssel zum Glück. Stolz und Freude in etwas anderem als sich selbst zu finden.

Und *klick* machte ihre mentale Kamera ein weiteres Mal. Dieses Mal ohne Bildunterschrift. Nur mit einem gekritzelten Herzchen mit ihren Initialen darin.

Sie zog Tobin in eine Ganzkörperumarmung und zu einem Kuss heran. „Das einzige Abenteuer, das ich will, ist ein Leben mit dir." Er lächelte an ihren Lippen und sie schmiegte sich enger an ihn. Seine Wärme umhüllte sie und sie hatte fürs Erste genug geredet.

„Und jetzt verrate mir, Teufelskerl", sagte sie, „wie weit ist es bis zu diesem Kamin?"

Anmerkung der Autorin

Ich hoffe, du hast dein Abenteuer in Panama genossen! Bevor du die Landkarte prüfst und dein Reisebüro kontaktierst, möchte ich dir die Fakten verraten. Es gibt zwar tatsächlich winzige Regenwalddörfer, in denen die Ureinwohner dem Ansturm der „Zivilisation" standhalten (die meisten von ihnen sind genauso gastfreundlich wie die Bewohner des fiktiven Dorfes Tucumba), aber die Mehrheit von ihnen zieht es vor, in Ruhe gelassen zu werden. Ein paar Anführer sind genauso leidenschaftlich wie Rodrigo, wenn es um den Schutz ihrer traditionellen Lebensweise geht. Die meisten Besucher bekommen diese Seite des Landes nie zu Gesicht und bleiben stattdessen in Panama-Stadt, in der Nähe des Kanals oder an den Küsten. Und selbst in diesen „gezähmteren" Gebieten wird man von der wilden Landschaft und dem kulturellen Schmelztiegel Panamas fasziniert. Ich war es jedenfalls in den Monaten, die ich dort verbracht habe!

Sneak Peek: Verlockende Tiefe

Tauchlehrerin Mia Whitman ist nach Bonaire gereist, um den Mann zu vergessen, der ihr das Herz gebrochen hat – nicht um ihm zu vergeben. Doch in diesem karibischen Inselparadies braut sich Ärger zusammen – über und unterhalb der Wasseroberfläche.

Als Mia Zeugin eines Verbrechens wird, wird sie plötzlich zur Zielscheibe. Und selbst sie muss zugeben, dass es Vorteile hat, einen Ex-Navy-SEAL-jetzt-New-Yorker-Polizisten an ihrer Seite zu haben. Ryan Hayes hat einen Hang dazu, ihr Leben zu retten und ihr Herz zu stehlen – eine heikle Kombination für eine Frau auf der Flucht. Und ehe Mia sich versieht, steckt sie tief mittendrin – schwer verliebt und in Schwierigkeiten.

Weitere Titel von Anna Lowe

Karibische Abenteuerromantik

Funken der Lust

Prickelndes Wagnis

Süße Verstrickung

Verlockende Tiefe

Sinnliche Strömung

Aloha Shifters - Juwelen des Herzens

Der Ruf des Drachen (Buch 1)

Der Ruf des Wolfes (Buch 2)

Der Ruf des Bären (Buch 3)

Der Ruf des Tigers (Buch 4)

Die Verlockung des Drachen (Buch 5)

Der Ruf des Fuchses (Buch 6)

Aloha Shifters - Perlen des Verlangens

Drachenrebell (Buch 1)

Bärenrebell (Buch 2)

Löwenrebell (Buch 3)

Wolfsrebell (Buch 4)

Rebellenherz (Buch 5)

Alpharebell (Buch 6)

Töchter des Feuers - Billionaires & Bodyguards

Töchter des Feuers: Paris (Buch 1)

Töchter des Feuers: London (Buch 2)

Töchter des Feuers: Rom (Buch 3)

Töchter des Feuers: Portugal (Buch 4)

Töchter des Feuers: Irland (Buch 5)

Töchter des Feuers: Schottland (Buch 6)

Töchter des Feuers: Venedig (Buch 7)

Töchter des Feuers: Griechenland (Buch 8)

Töchter des Feuers: Schweiz (Buch 9)

Die Wölfe der Twin Moon Ranch

Verlockung des Jägers (Buch 1)

Verlockung des Wolfes (Buch 2)

Verlockung des Mondes (Buch $2\frac{1}{2}$ – Vier Kurzgeschichten)

Verlockung des Alphas (Buch 3)

Verlockung der Wölfin (Buch 4)

Verlockung des Herzens (Buch 5)

Weihnachtsverlockung (Buch 6)

Verlockung der Rose (Buch 7)

Verlockung des Rebellen (Buch 8)

Verlockende Begierde (Buch 9)

Verlockung der Nacht (Buch 10)

Die Bären des Blue Moon Saloons

Perfekte Gefährten (die Vorgeschichte)

Verlangen des Bären (Buch 1)

Verlangen des Wolfes (Buch 2)

Verlangen des Alphas (Buch 3)

Verlangen des Gefährten (Buch 4)

Verlangen der Wölfin (Buch 5)

Süßes Verlangen (ein Festtagsschmaus)

Gestaltwandler in Vegas

Wolfspoker

Bärenpoker

Pantherpoker

Drachenpoker

Karibische Abenteuerromantik

Funken der Lust

Prickelndes Wagnis

Süße Verstrickung

Verlockende Tiefe

Sinnliche Strömung

www.annalowe.de

Über Anna Lowe

USA Today und Amazon Bestseller Autorin Anna Lowe schreibt fesselnde Romane mit tatkräftigen Heldinnen und unwiderstehlichen Helden in exotischen Umgebung, mit jeder Menge Zündstoff für scharfe Romantik.

Sie liebt Hunde, Sport und Reisen, die auch die Inspiration für Ihre Bücher liefern. Wenn Anna nicht gerade in die Arbeit an ihrem nächsten Buch vertieft ist, kannst Du Sie am Wochenende beim Wandern in den Bergen antreffen. Egal wo und wie – sie wird den Tag mit einem leckeren Stück Zartbitterschokolade ausklingen lassen.

Einfach mal vorbeischauen, auf **www.annalowe.de**.

9 781958 597378